www.tredition.de

AF217676

Thorsten JENSEN

Das Wrack der J. G. Fichte

www.tredition.de

© 2016 Thorsten JENSEN

Verlag: tredition GmbH, Hamburg

ISBN
Paperback: 978-3-7345-2822-4

Printed in Germany

Ich blickte in dieses an sich recht freundliche Gesicht und dachte: Piraterie, Freiheitsberaubung, Körperverletzung, Gefährdung des Seeverkehrs... Da kommt einiges zusammen...

Ich sitze in einer Fledermaus. So nennt man die Nachtbusse von Rostock. Vor mir sitzt ein älteres Ehepaar. Er redet.
Ich kann nur Satzfetzen verstehen. *„Den Frank Zander hab ich immer gemocht. Aber weißt du, wen ich noch mehr mag? Den Mike Krüger."* Ich muss schmunzeln.

Zur See

Wenn ich überlege wann die Geschichte begann, muss ich immer an jenen Freitag im Juni denken. Ich war als Betreuer der achten Klasse mit ins Erzgebirge gefahren.

Trotz meiner fünfunddreißig Jahre war ich erst seit diesem Schuljahr Lehrer. Die Referendarzeit nicht mitgerechnet. Im Sommer des Vorjahres bekam ich einen Einjahresvertrag für ein Gymnasium, in Plauen, im Vogtland als Mathematik – und Physiklehrer. Mein Berufseinstieg war alles andere als leicht, was unter anderem an meinem Namen lag.

Mein Vater hieß Siegesmund und litt sein ganzes Leben unter diesem Namen. Früh beschloss er deshalb seinen Kindern ganz einfache Modenamen zu geben.

Und so nannte mein Vater mich: Mike.

Mike Krüger.

Er konnte nicht ahnen, dass etwa fünf Jahre nach meiner Geburt ein Komiker und Sänger von Klamaukliedern, unter dem Namen Mike Krüger, Karriere machen würde. Die ersten Jahre meiner Schulzeit blieb mir diese Komik auch erspart, denn wir wohnten damals im Talkessel von Dresden, wo meine Eltern als Lehrer unterrichteten. Wir konnten kein sogenanntes Westfernsehen empfangen und der andere Mike Krüger blieb uns unbekannt.

Das änderte sich etwa zur Zeit meines Abiturs.

Etwas anderes konnte mein Vater auch nicht ahnen.

Die Wende und die Deutsche Einheit.

Der schöne englische Vorname Mike war hauptsächlich in der DDR ein Modename. Und so wurden mein Freund Ronnie Krause und ich überall sofort als *Ostbrote* erkannt, als Jungen, die vom Solidaritätszuschlag und Aufbau Ost lebten. Das Argument, dass die Mittel vom Aufbau Ost meist an Firmen West gezahlt werden, konnte dabei wenig überzeugen.

Nachdem meine Schüler genügend Spaß mit meinem Namen hatten, wurde es besser. Einige physikalische Gesetzte konnte ich anhand eines Segelschiffs erläutern und dabei von meiner Weltumseglung erzählen. Im Mathematikunterricht ließ ich das Volumen von Sauerstoffflaschen berechnen, denn nicht jeder Mathematiklehrer besitzt eine Lizenz als Tauchlehrer und hat zwei Jahre in einer Tauchschule in Namibia gearbeitet.

Das brach das Eis zu meinen Schülern.

Aber vielleicht war ich auch nur einfach ein guter Lehrer, der den Unterricht mit Leben erfüllte.

Eine Klassenfahrt in eine Wintersportgegend ist sehr reizvoll für alle Wintersportler im Winter. Für eine Klassenfahrt im Juni gibt es kaum etwas langweiligeres, weshalb ein Schüler, der Name tut nichts zur Sache, sich eine Abwechslung bei einem erzgebirgischen Mädchen suchte.

Am letzten Tag unserer Reise, dem besagten Freitag, ging der Junge, um sich von seiner neuen Freundin zu verabschieden und vergas die Zeit dabei.

Zwei Reisebusse warteten auf die Abfahrt.

Die Busfahrer wurden immer ungeduldiger, die anderen Lehrer kochten und eine Meute von achtzig Schülern wurde zunehmend unruhig.

Durch Zufall wusste ich wo, in etwa, das Mädchen wohnte. Also versuchte ich mein Glück und klingelte an allen Türen. Nach fünfundvierzig Minuten hatte ich Erfolg.

Unsere Busse fuhren mit einer zweistündigen Verspätung ab. Durch die späte Abfahrt kamen wir in den freitagnachmittäglichen Berufs – und Heimreiseverkehr, was zu einer weiteren Stunde Fahrzeit führte. Deshalb bekamen die Busfahrer Probleme mit ihrer Lenkzeit und mussten noch eine

halbe Stunde Pause einlegen. Vor der Schule warteten auf uns etliche auf-
gebrachte Eltern.

Als sich das chaotische Treiben aufgelöst hatte, klingelte ich an der Haus-
meisterwohnung. Der Hausmeister fühlte sich so spät am Freitag bereits im
Wochenende und blickte mich mit finsterem Gesicht an, als ich ihn bat,
mich in die Schule zu lassen, denn ich hatte noch einige Unterlagen im Lehrerzimmer.

Die Luft im Lehrerzimmer war, wie immer, abgestanden und der typische
Geruch dieses Zimmers schlug mir entgegen. Zufällig sah ich in mein Fach.

Dort lag ein Brief vom Schulamt an mich. Ich öffnete ihn und las.

Werter Herr Krüger,

*die Planung für das kommende Schuljahr hat ergeben, dass wir auf eine weitere Zusam-
menarbeit mit Ihnen verzichten müssen. Vielen Dank für Ihre Unterstützung im zu
Ende gehenden Schuljahr und viel Glück für Ihren weiteren beruflichen Weg.*
Darunter stand eine unleserliche Unterschrift und einige Rechtsbe-
ratung für das Arbeitsamt.

Das hatte gesessen.

Natürlich war mir klar, dass ein befristeter Vertrag ein befristeter
Vertrag ist und meine Chancen bei unter fünfzig Prozent für eine
Verlängerung lagen.

Und dennoch war es ein Schock.

Eigentlich wollte ich nach meiner Ankunft von der Klassenfahrt zuerst nach Hause gehen, duschen und die Wäsche wechseln. Doch
jetzt entschied ich mich zuerst zu Kerstin zu gehen.

Kerstin war Deutsch - und Sportlehrerin und unterrichtete am gleichen Gymnasium wie ich. Obwohl sie sechs Jahre jünger war als
ich, war sie länger im Beruf. Ihr Lebenslauf las sich so: Abitur, Studium, Referendarzeit, Festanstellung am Gymnasium. Zu Beginn
des Schuljahres lernten wir uns kennen und gingen einige Male gemeinsam joggen und mountainbikefahren. Nach kurzer Zeit waren
wir ein Paar.

Allerdings nur in unserer Freizeit.

In der Schule waren wir nur Kollegen. Doch im Laufe der nächsten
Monate haben uns immer wieder Schüler und Lehrer im Kino oder

im Theater zusammen gesehen. So wurde unser Geheimnis ein recht bekanntes Geheimnis. Durch Kerstin fing ich an, diese vogtländische Stadt zu mögen.

Nach wenigen Minuten zu Fuß erreichte ich Kerstins Wohnung. Ich klingelte an der Wohnungstür und hielt ihr den Brief des Schulamtes, noch in der Tür stehend, hin. Kerstin blickte nur kurz darauf und sagte trocken:

„War doch klar. Oder?"

„Mir nicht." antwortete ich.

„Aber Mike. Jeder hat gewusst, dass dein Vertrag nicht verlängert wird. Jeder. Zumindest von den Lehrern."

Ich entgegnete trotzig:

„Ich nicht."

„Die Eltern wollen, dass ihre Gören nach dem Abitur eine Banklehre machen oder Betriebswirtschaft studieren und dann kommt ein Lehrer der mit fünfunddreißig seine erste Stellung antritt und erzählt ihnen Geschichten von Weltumseglungen, Tauchen in Afrika, Kurierfahrer in Australien und wie er zwischen Abitur und Studium Jahre lang rumgegammelt hat."

„Ich hab nicht rumgegammelt. Ich hab zwei Jahre als HfK, - Hand – für – Koje Segler gearbeitet, hab einige Schiffe und Yachten überführt und dann hatte ich die einmalige Gelegenheit an einer Weltumseglung teilzunehmen. Dort lernte ich einen Tauchlehrer aus Namibia kennen und nach der Weltumseglung bin ich für zwei Jahre nach Namibia gegangen, wo ich vierzehn Stunden am Tag Tauchunterricht gab. Für mich hat das nichts mit gammeln und rumhängen zu tun.

Außerdem finde ich es besser wenn ein Lehrer nicht nur Schule, Abitur, Studium und wieder Schule erlebt hat, sondern etwas von der Welt gesehen und in verschiedenen Berufen gearbeitet hat."

„Das wissen wir."

Entgegnete Kerstin trocken. Ich sah sie fragend an und sie fuhr fort:

„Das ist das Nächste. Alle deine Kollegen wissen, dass du dich für was Besseres hältst, weil du sonst wo warst."

„Aber ich halt mich doch nicht für was Besseres."

„Die Kollegen sehen es anders."

Entgegnete Kerstin.

Ich schwieg und nach einer kurzen Pause fuhr sie fort:

„Die Kollegen und vor allem der Direktor mögen auch nicht, dass du dich mit den Schülern verkumpelst und dass du der Mädchenschwarm der Achtklässlerinnen bist."

„Das wird ja immer bunter."

„Ist aber so."

Ich erwiderte nichts.

Nach einer unendlich langen Pause sagte ich:

„Das bedeutet auch, dass ich in eine andere Stadt gehen muss. Wir können uns dann auch nicht mehr täglich sehen."

Kerstin sah mich an, holte Luft und sprach:

„Es ist vielleicht besser, wenn wir uns nicht mehr so häufig sehen und etwas Abstand gewinnen. Es ist sogar besser wenn wir uns mal ein Stück gar nicht sehen."

Das kam aus heiterem Himmel. Mit dieser Reaktion hatte ich überhaupt nicht gerechnet. Ich war sprachlos.

„Mike. Das mit uns funktioniert doch nicht."

„Den Eindruck hatte ich bisher aber nicht und ich kann mich auch nicht daran erinnern, dass du etwas, in der Richtung, gesagt hättest."

„Es ist aber so. Tut mir leid. Mike."

Ich schwieg.

„Du wirst weiter ziehen, einen neuen Job finden und andere Frauen kennen lernen."

Was sollte ich darauf sagen? Ich drehte mich um und ging.

Die Brücken hatten sich abgebrochen.

Vor der Klassenfahrt hatte ich in dieser Stadt eine Anstellung als Gymnasiallehrer und eine feste Freundin. Jetzt hatte ich nichts.

Ich fühlte weder Trauer, noch Wut, noch Enttäuschung. Ich fühlte gar nichts. Mein Verstand hatte die Fakten wahrgenommen aber die Botschaften waren noch nicht angekommen. Das brauchte Zeit.

Ich schlenderte über die Friedensbrücke, eine bekannte Selbstmörderbrücke, die sich über das Tal mit der Altstadt erstreckte, ging am Bahnhof vorbei und die Bahnhofstraße hinunter. Neben mir fuhr eine fast menschenleere Straßenbahn. Nirgendwo in Deutschland bewältigt eine Straßenbahn so eine Steigung beziehungsweise so ein Gefälle, wie auf der Bahnhofstraße in Plauen. Vor dem großen Kino stand eine Handvoll Menschen. Einige Paare liefen Arm in Arm oder händchenhaltend in die Richtung des Kinos.

Die Botschaft kam langsam an.

Ich ging weiter am Theaterplatz vorbei. Auch hier begegnete ich einigen elegant gekleideten Paaren.

Und mir wurde bewusst, dass ich nie wieder mit Kerstin vor diesem Theater oder Kino, händchenhaltend, stehen werde. Ich werde wahrscheinlich nie wieder vor diesem Kino oder diesem Theater stehen, weil ich in ein paar Wochen aus dieser Stadt wegziehe. Erst jetzt wurde mir bewusst, dass ich ein wunderschönes und glückliches Jahr hier verbracht hatte. Gedankenversunken lief ich über den Klostermarkt zum Altmarkt und weiter in die Altstadt. Langsam ging ich durch eine schmale, kopfsteingepflasterte Gase mit einer Gaslaternen nachempfundenen Straßenbeleuchtung. Die Laternen brannten noch nicht, denn jetzt im Juni war es ja noch hell.

Als ich am Goldenen Löwen vorbeikam übermannte mich ein starkes Hungergefühl. Ich hatte seit Stunden nichts mehr gegessen.

Ich blickte kurz in meine Brieftasche und betrat die Wirtschaft. Für einen frühen Freitagabend war das Lokal schon sehr gut besucht. Die Bedienung fragte mich, ob ich schon wüsste, was ich trinken möchte. Ich wusste es.

Ein großes Bier.

Das erste Bier an diesem Abend trank ich noch bevor das Essen gebracht wurde. Auf nüchternen Magen getrunken, verfehlte das Bier seine Wirkung nicht. Als ich den Löwen verließ hatte ich fünf große Bier getrunken. Ich beschloss in keine weitere Gastwirtschaft zu gehen und mir, auf dem Heimweg, von der Tankstelle noch einen Sechserpack Bier mit nach Hause zu nehmen. Ich wohnte in der Krausenstraße im einzigen Haus, das den Bombenkrieg, in diesem Teil der Straße, überstanden hatte. Alle anderen Häuser waren nach dem Krieg gebaut worden.

Die Wohnung bestand aus einem winzigen Flur, einem Bad mit Toilette und Badewanne, einem Schlafzimmer und einer Wohnküche. Die Wohnküche enthielt einen großen, braunen Kachelofen, wie man ihn normalerweise in einem Wohnzimmer vorfindet und einem elektrischen Küchenherd. Der Küchenherd war wiederum das Einzige, was an eine Küche erinnerte. So etwas wie eine Spüle gab es nicht. Außerdem stand in diesem Zimmer mein Schreibtisch, mein Bücherregal der Kühlschrank und ein Tisch mit zwei Sesseln. Ich hatte ja von Anfang an mit nur einem Jahr in dieser Stadt gerechnet. Dennoch traf es mich hart. Ich ließ mich in den Sessel fallen und öffnete mit meinem Taschenmesser eine Bierflasche. Gegen Ende der zweiten Bierflasche klingelte mein Telefon. Ich hoffte, dass es Kerstin war um mir mitzuteilen, dass sie es nicht so gemeint hatte. Doch am Telefon erklang eine fröhliche Männerstimme:

„Hallo kann ich bei Ihnen eine Annonce aufgeben: Theologiestudent im letzten Semester sucht Missionarsstellung."

Es folgte schallendes Gelächter. Ich wusste sofort, wer am Apparat war.

Mein alter Freund Ronnie Krause.

Wir hatten zusammen eine Grundausbildung auf dem Segelschulschiff – Wilhelm –Pieck absolviert.

Nach dem Abitur, dem Mauerfall und der Deutschen Einheit trafen wir uns auf dem Segelschulschiff – Alexander – von – Humboldt wieder und begannen unsere Abenteuerjahre als HfK – Hand – für – Koje – Segler, dass heißt wir arbeiteten auf Segelschiffen ohne Bezahlung, bekamen aber freie Kost und Logis. Etliche male fuhren wir auf den gleichen Schiffen aber manchmal auch auf unterschiedlichen. Nachdem ich an einer Weltumseglung teilgenommen hatte, arbeitete ich zwei Jahre in Namibia als Tauchlehrer. Anschließend begann ich mein Studium.

Weltumseglung, Tauchlehrerzeit, Studium, Referendarzeit und meine erste Anstellung als Lehrer dauerten zwölf Jahre, Jahre in denen ich Ronnie kaum gesehen hatte.

Aber der Kontakt war nie ganz abgebrochen.

Ronnie Krause fuhr immer noch in den Touristengegenden der Welt mit Segelschiffen, Sportbooten und Yachten umher. Allerdings nicht mehr als HfK. Er hatte diverse Patente erworben.

„Mein Gott Walter. Schön Mike Krügers Stimme zuhören…" Auch das war ein alter Witz von ihm.

„Pass auf Mike. Ich ruf nicht ohne Grund an. Ich sitze hier in Stockholm und habe einen wunderschönen Traditionssegler in die Werft nach Stralsund zu überführen. Einen vierzig Meter Zweimastschoner, Baujahr neunzehnhundertelf und würde noch einen Mann in meiner Crew brauchen. Einen Mann der mit so einer alten Lady umgehen kann. Hast du Lust?"

„Wann?"

„Sofort."

„Geht nicht. Ich bin Lehrer. Ich kann nur in den Schulferien."

„Mensch, das Schuljahr ist doch eh gelaufen. Die Zeugnisse sind fertig."

„Ich bekomm aber trotzdem keinen Urlaub."

„Oder hat deine Kristin den Daumen drauf?"

„Meine Kristin heißt Kerstin und hat mir heute Abend gesagt, dass sie mich nicht mehr sehen will."

„Kannst du nicht irgendwie mit einem anderen Lehrer was drehen? Dass du im nächsten Schuljahr für ihn was übernimmst?"

„Ich habe heute erfahren, dass es kein nächstes Schuljahr gibt. Zumindest an dieser Schule und in dieser Stadt nicht. Mein Einjahresvertrag wurde nicht verlängert."

„Was du bist heute aus dem Job geflogen und deine Alte hat Schluss gemacht? Da kann dir doch nichts Besseres passieren, als ein Anruf von Rocking Ronnie, der dich da raus rockt!"

„Ronnie! Es geht nicht."

„Na wart mal. Zu meiner Schulzeit, in meiner Stadt, gab es einen Arzt, den haben wir Doc Holiday genannt. Wenn man Montags verschlafen hatte, ging man zu Doc Holiday und der schrieb einen krank. Ist doch in deiner Situation ganz verständlich: Freundin weg, Job weg, die Psyche angegriffen. Der schreibt dich zwei Wochen krank, du kommst nach Stockholm, wir segeln über die Ostsee und pünktlich zur Zeugnisausgabe stehst du wieder auf der Matte. Na wie klingt das? Mike'i?"

Ronnie Krause hatte sich nicht verändert.

„Nein Ronnie. Ich hab jetzt andere Prioritäten. Ich will endlich in meinem Beruf Fuß fassen, ich will heiraten und Kinder haben. Ich bin fünfunddrei-ßig."

„Na und? Deine Kristin hat dich entsorgt und die Schule auch. Du gehst im nächsten Schuljahr an eine neue Schule, in einer anderen Stadt, lernst eine knackige Sportlehrerin kennen, heiratest, bekommst fünf Kinder und einen unbefristeten Arbeitsvertrag. Und vorher gehst du noch ein bisschen segeln. Wo ist das Problem?"

„Ronnie!"

„Was heißt hier Ronnie? Ich besorg dir sogar eine Mitfahrgelegen-heit."

Ronnie Krause war der Alte geblieben und bei aller Lockerheit und Unstetigkeit im Leben, biss er sich fest wie ein Terrier. Eigentlich war er der Zielstrebigere von uns beiden, auch wenn das auf den ersten Blick nicht auffiel.

Irgendwann brach ich das Gespräch übermüdet ab, nicht ohne Ronnie zu versprechen ihn zurückzurufen.

Denn größten Teil des Sonnabends und Sonntags ging ich im Stadt-park und im Stadtwald spazieren und dachte nach.

Was sollte mit mir und Kerstin passieren? Sollte ich einfach so ge-hen, sollte ich abwarten oder sollte ich noch einmal mit ihr reden. Oder war es das Beste, dass Schluss war? Was war mit meinem Job? Sollte ich noch einmal mit dem Direktor, dem Schulamt, dem Be-zirksschulamt reden? Was hatte ich zu verlieren? Vielleicht könnte ich einen anderen Vertrag für eine andere Schule, eine Mittelschule oder so, bekommen?

Und ich dachte über Ronnie Krauses Angebot nach: einen vierzig Meter Zweimastschoner zu überführen, ausspannen, Abstand gewinnen, rauskommen. Mit dem weiteren Verlauf wurde diese Option, die immer Verlockendere.

Kerstin Kerstin sein lassen. Um mit ihr glücklich zu werden war sie eh viel zu kompliziert.

Zwei Wochen Krank geschrieben, segeln, das Schuljahr zu Ende bringen und dann umziehen. Wieder zurück nach Hamburg. Hamburg war in den letzten zwölf Jahren zu meiner Heimatstadt geworden. Wollte ich nicht eigentlich schon das ganze Schuljahr über nach Hamburg zurück? Ich hatte auch beim dortigen Schulamt eine Bewerbung laufen.

Am Sonntagabend rief ich Ronnie in Stockholm an.

Die Bewährung
(7. Januar 1977)

Am Freitag, dem siebenten Januar neunzehnhundertsiebenundsiebzig um zwanzig Uhr lief im Fernsehen der DDR, erstes Programm, die erste Folge der Fernsehserie Zur See mit dem Episodentitel: Die Bewährung.

Der Kapitän Hans Karsten (Horst Drinda) wird plötzlich für einen erkrankten Kollegen auf das Motorschiff Johann Gottlieb Fichte versetzt. Bei der Verabschiedung am Kai wünscht seine Frau Inge ihm „in jedem Hafen willige Mädchen" um hinzuzufügen, sie möchte die Illusion haben, dass auch mal eine Andere ihn will...

Hans Karsten quittiert diese Bemerkung mit dem Satz:
„Kein Respekt vorm Kaptain.", worauf seine Frau erwidert:
„Zuhause bin ich der Kapitän".
Nach viel Respekt sieht dies tatsächlich nicht aus.
Dieser Eindruck wird dadurch verstärkt, dass Beispielsweise ein technischer Offizier hinter dem Rücken des Kapitäns die Augen verdreht. Oder. Der Leitende Ing., der Chief Paul Weyer (Günter Naumann) kommentiert die Note drei seines Sohnes in Mathematik, mit den Worten: „Chief werden kann er damit nicht mehr. Das reicht gerade noch zum Kapitän."

Besagter Chief wird dem Kapitän bereits auf der Gangway als kompetent aber schwierig beschrieben.

In der Haupthandlung der Episode geraten der Chief und der Kapitän bald aneinander. Als der Kapitän per Funk eine attraktive Ladung angeboten bekommt und deshalb eine höhere Drehzahl als Dauerbelastung befiehlt, eskaliert der Streit der beiden Männer.

Kurze Zeit später kommt es zu einem defekten Kolbenring.

Jetzt hängt das Schicksal beider Männer vom jeweils anderen ab. Bei rauer See und beim Treiben auf vorgelagerte Klippen will der Chief den Kolben wechseln und somit die hohen Abschleppkosten und Reparaturausfallzeiten sparen. Gegen den Rat des Ersten Nautischen Offiziers, des Chief Mates Martin Schulz (Winfried Pucher) erlaubt der Kapitän dem Chief die riskante Reparatur und riskiert, dass, bei Misslingen, am Ende die Zeit zum Abschleppen zu knapp wird.

Nervenaufreibend wird die Reparatur durchgeführt und gelingt in letzter Minute.

Beide Männer stehen sich dicht gegenüber und der Chief sagt: „Kapitän" und der Kapitän sagt: „Chief", damit ist alles gesagt.

Die Männer haben ihre Bewährung bestanden.

Am Montagmorgen um sieben Uhr rief ich im Sekretariat des Gymnasiums an und meldete mich krank. Um acht Uhr saß ich bei einem Hausarzt, der dafür bekannt war schnell und unkompliziert die Arbeitsunfähigkeitsbescheinigung auszustellen. Doc Holiday. Um neun Uhr war ich zurück in meiner Wohnung und packte meinen Seesack. Um zehn Uhr hielt das Taxi vor meinem Haus und acht Minuten später erreichte ich den Bahnhof. Ohne von einem Schüler oder Kollegen gesehen worden zu sein, erreichte ich den nächsten Regionalzug. Vorher warf ich den Briefumschlag mit meiner Arbeitsunfähigkeitsbescheinigung in den Briefkasten. Zum Glück hatte mich der Arzt gleich für zwei Wochen aus dem Verkehr gezogen.

Danach fuhr ich in die Nachbarstadt. Hier konnte ich in Ruhe auf den richtigen Zug warten ohne gesehen zuwerden.

Mit dreimaligem Umsteigen ereichte ich am frühen Abend Stralsund. Ronnie hatte über eine Mitfahrzentrale einen Studenten Namens Raimund aufgetrieben. Raimund war Fahranfänger und wollte, dass ihm sein Mitfahrer beim Fahren ablöste.

Ich war noch nie mit einer Mitfahrzentrale gereist. Früher war ich viel per Anhalter also trampend gereist. So hatte ich zuerst die DDR und dann ganz Europa kennen gelernt. Ich war auch in Namibia und in Australien getrampt, als ich für ein halbes Jahr mit einem Touristen – und Arbeitsvisa dort war.

Aber Mitfahrzentrale war neu für mich.

Raimund war ein unglaublich dumm aussehender Junge mit einer dicken Brille, die seine Augen riesig erscheinen ließ. Bei dem Gedanken seinen VW Polo in das Innere der Fähre zu fahren brach ihm der kalte Schweiß aus.

Da er schon im recht harmlosen Stadtverkehr von Stralsund seine Probleme hatte, wechselten wir gleich hinter der neuen Rügenbrücke und ich fuhr. Raimund war auch nicht gerade das, was man einen unterhaltsamen Beifahrer nennen konnte.

Als wir Nachts in Trelleborg ankamen, war es eine Selbstverständlichkeit, dass ich das Auto von der Fähre fahre und ohne Fahrerwechsel, weiter, die ganze Nacht durch, bis Stockholm.

Leider hab ich nie erfahren wie Raimund wieder nach Hause gekommen ist.

Als ich unser Schiff erreichte war es bereits Diensttagvormittag und ich war seit über vierundzwanzig Stunden auf den Beinen.

Ich erzählte Ronnie von Raimund und unserer Autofahrt.

Er setzte ein Lächeln auf und nicht sein schiefes Grinsen. Dass hätte mir zu denken geben müssen.

Nur war ich zum denken viel zu müde.

Im letzten Jahr hatte ich mir einen sehr soliden Lebenswandel zugelegt. Ich ging zeitig schlafen, schlief recht viel und machte keine Nächte mehr durch. Auf den Schiffen hatten wir den Vier – vier – Rhythmus, vier Stunden Wache – vier Stunden Freiwache. Die Freiwache fiel in bestimmten Situationen auch mal aus. Während meiner unzähligen Jobs an Land hatte ich häufig Schichten gearbeitet.

Jetzt war ich den regelmäßigen Schlaf gewohnt und so widersprach ich nicht als Ronnie sagte:

„Geh in deine Kajüte, schmeiß dich in die Koje und schlaf dich erst mal aus. Wenn du wieder aufwachst sind wir schon auf See. Der Eigner des Schiffes kommt und schleppt uns raus."

Ich fragte:

„Wieso schleppen? Warum fahren wir nicht aus eigner Kraft?"

Ronnie erwiderte:

„Weil's schneller geht Mike'i. Und jetzt ab in die Koje. Befehl vom Kaptain."

Ich ging in meine Kajüte, warf den Seesack in die Ecke, ließ mich auf meine Koje fallen und schlief in wenigen Minuten ein.

Als ich erwachte war es bereits fünfzehn Uhr. Ich ging ins Vorschiff, benutzte die Toilette und wusch mich. Anschließend ging ich zurück zu meiner Kajüte, packte den Seesack aus und zog mich um.

Danach ging ich über den hinteren Niedergang ans Achterdeck.

Der Himmel war strahlend blau, keine einzige Wolke am Himmel, nicht einmal ein Schönwetterwölkchen. Die See hatte eine leichte Dünung und es war vollkommen Windstill.

Schlaff, wie nasse Säcke, hingen der Innen – und der Mittelklüver herunter. Weitere Segel waren nicht gesetzt. Auch der Motor lief nicht.

Der Rest der Crew stand an Deck. Neben Ronnie waren das Mika ein finnischer Deathmetalfan, Jaromir ein tschechischer Student, der Europa bereiste und noch nie auf einem Segelschiff gewesen war und Robert ein Philippine.

Ich begrüßte kurz, mit Handschlag, die anderen Besatzungsmitglieder, wand mich an Ronnie und fragte ihn: „Warum läuft die Maschine nicht?"

Ronnie Krause lachte und sagte:

„Entspann dich Mike'i. Entspann dich."

Im Spaß sagte ich:

„Oder hasst du vergessen zu tanken. Du Chaot?"

Ronnie entgegnete:

„Mike. Der Grund warum dieses Schiff in die Werft muss ist, dass es dort eine neue Maschine bekommt."

Ich sah ihn an und fragte:

„Heißt es, dass wir die Maschine die ganze Zeit über schonen müssen?"

Ronnies sonst ständig grinsendes Gesicht verzog sich und er entgegnete:

„Nein. Dass heißt: wir haben keine Maschine. Wir haben genügend Akkus für die Technik, Radar, AIS, also GPS, Echolot, Funk, außerdem habe ich noch ein paar Petroleumlaternen und etliche Liter Lampenöl besorgt. Zum kochen gibt's Propangas."

Ich sah ihn an und fragte:

„Das ist ein blöder Witz oder?"

Obwohl ich zu diesem Zeitpunkt bereits wusste, dass es kein Witz war.

„Mike'i! was glaubst du warum ich auf dich zurückgreife. Ich brauch jemand der auch in der Lage ist ohne Maschine, ohne Licht, zur Not ohne elektronische Hilfen den Pott über die Ostsee zu bekommen. Und ich brauch jemand der es zuschätzen weiß, mit so einer alten Lady, ohne Maschine, im Schein der Petroleumlampen, Seemannsromantik pur, zusegeln."

Jetzt setzte Ronnie Krause wieder sein typisches Grinsen auf.

Und tatsächlich: auf der einen Seite hätte ich ihn über Bord werfen können aber auf der anderen Seite faszinierte mich die Situation auf der Stelle.

Ich holte tief Luft und fragte:

„Was sind die anderen für Typen? Erfahrene Segler?"

Ronnie zog eine Augenbraue nach oben und entgegnete:

„Nicht direkt aber alles nette Kerle."

„Heißt?"

Fragte ich.

„Also Robert ist Phillipine. Er ist auf zig deutschen Containerschiffen unter liberianischer Flagge gefahren, dann ist er auf einem Familienbesuch in Schweden gewesen und will jetzt zurück nach

Hamburg, hatte aber kein Geld mehr. Er hat keine Ahnung vom Segeln ist aber selbstverständlich seefest.

Dann ist da Jaromir. Der ist Student aus Prag und mit der Bahn per Interrailticket durch halb Europa gereist. Der hat mich im Hafen angesprochen und praktisch gleich angeheuert. Von Seefahrt hat der keine Ahnung aber er kann fantastisch kochen.

Mika hab ich in der Kneipe kennen gelernt.

Was der eigentlich so macht weiß ich ehrlich gesagt nicht. Er spricht ja nicht soviel.

Ja und wir zwei. Das reicht um den Pott über die Ostsee zu bringen."

Er grinste und ich erwiderte:

„Krause du hast 'nen Vogel. Aber gewaltig."

Ronnie Krause war ein Chaot als ich ihn vor fast zwanzig Jahren als sechzehnjährigen auf dem Segelschulschiff – Wilhelm – Pieck kennen lernte. Er war jetzt mit Mitte dreißig, ein Chaot und er würde auch in zwanzig Jahren ein Chaot sein. Und er hatte mich reingelegt. Niemals hätte ich unter diesen Umständen auf einem Schiff ohne Maschine, also praktisch manövrierunfähig und bei dieser Crew angeheuert. Aber Ronnie kannte mich gut genug um zu wissen, dass es alles keine Rolle mehr spielt, wenn ich erst einmal an Bord bin.

Das Schiff war wunderschön, vierzig Meter lang, zwei Masten, als Schoner getakelt, sehr viel Holz, dunkles, eingelassenes Holz im Inneren und sehr viel Messing. Auf den ersten flüchtigen Blick erinnerte das Schiff ein bisschen an das Segelschulschiff – Wilhelm – Pieck, die jetzige SSS Greif, nur war diese als Schonerbrigg getakelt und nicht so edel ausgestattet.

Und es erinnerte auch an jenes rumänische Schiff auf dem *Der Seewolf* mit Raimund Harmsdorf verfilmt wurde und *Zwei Jahre Ferien*, der in der DDR *Piraten des Pazifik* hieß.

Aber im Inneren war unser Schiff tausendmal schöner. Aus einem alten Fischkutter hatte der Schwede ein Segelschiff gebaut, wie aus Jungenträumen entsprungen, um damit romantische Touristen durch die Ostsee zu schippern. Sicherlich, eine Maschine an Bord eines Segelschiffs macht Sinn, man hat elektrischen Strom, das Schiff ist auch bei Flaute manövrierfähig und man kommt ohne Wind trotzdem voran.

Anderseits ging es Früher ja auch ohne Maschine.

Was die Crew betraf war es so, dass Ronnie durchaus recht hatte: zwei erfahrene Segler und drei Mann die zupacken können und wollen, reichen durchaus um diesen Schoner zu segeln. Alles in allem war ich nicht ärgerlich auf Ronnie. Nein. Ich war glücklich dabei sein zu dürfen.

Und Jaromir war ein phantastischer Koch und der beste Smutje den ich je kennen gelernt hatte. Robert konnte anpacken und sah die Arbeit. Und Mika hatte mehr Segelerfahrung als wir zu Anfang ahnten. Er war seit er ein kleiner Junge war auf finnischen Seen gesegelt.

Die Chemie stimmte perfekt.

Genaugenommen hatte Ronnie die perfekte Crew angeheuert.

Ohne etwas über die anderen Besatzungsmitglieder zu wissen aber auch nicht durch bloßen Zufall.

Es war Ronnies Intuition, seine ganz große Stärke und der Grund warum es immer wieder Spaß machte mit diesem scheinbaren Chaoten zusammen zuarbeiten.

Das große Pech bestand darin, dass wir fast drei Tage Flaute, beziehungsweise nur sehr schwachen Wind hatten. Zum Glück ist die Ostsee an den meisten Stellen sehr flach und wir warfen Anker um nicht völlig abgetrieben zu werden. Der Wetterbericht meldete schwere Unwetter über Polen, die über der Ostsee drehen sollten und uns ab Freitag entgegen kommen würden.

Nach drei Tagen herumdümpeln, dann Sturm.

Es war damit zu rechnen, dass wir gegen den Sturm ankreuzen müssten und wahrscheinlich die ganze Zeit auf der Stelle segeln würden. Ähnlich einem Fitnesscenterbesucher, der wie ein Wilder auf einem Laufband rennt. Am Ende ist er zwanzig Kilometer gerannt und keinen Meter von der Stelle gekommen. Ronnie, Robert und ich waren seefest. Aber was war mit Mika und Jaromir? Beide, vor allem Mika, waren trinkfest aber seefest?

Es gibt ein physikalisches Gesetz, was die Höhe von Wellen begrenzt. Höher können Wellen nur durch Wellenüberlagerung werden. Das kommt aber sehr selten vor, deshalb sind Wellen von zwanzig, gar dreißig Metern die Ausnahme. Normalerweise ist bei zehn Metern Höhe Schluss. Zehn Meter werden die Wellen in der kleinen, flachen Ostsee auch, nur die Ostseewelle ist kurz. Kein allmähliches Ansteigen auf zehn Meter und dann ein allmähliches Absinken ins Wellental. Nein die Ostseewelle steigt sehr kurz auf zehn Meter und fällt ebenso steil wieder ab.

Das macht einen Ostsseesturm so unangenehm.

Was keiner von uns ahnen konnte war, dass der Sturm ganze zweiundfünfzig Stunden dauern würde. Nun mussten alle anpacken, an Schlaf war kaum zu denken. Jaromir hatte große Probleme mit der Seekrankheit und fiel einige Stunden aus. Mika musste sich mehrfach übergeben, arbeitete aber für drei. Er hatte die ganze Zeit über seine Stecker im Ohr und hörte Deathmetal und Speedmetal. Auf seine Weise genoss er den Sturm. Selbst Robert hatte eine ungesunde Gesichtsfarbe. Es ist doch etwas anderes einen Sturm auf einem Containerschiff mit dreihundert Metern Länge über alles und einem Freibord von zehn bis zwölf Metern, bei einem Schanzkleid von einem Meter sechzig zu erleben, als auf einem Schiff von vierzig Metern Länge, bei einem Freibord von einem Meter fünfzig und einem Schanzkleid von knapp einem Meter, über dem Leichenfänger gespannt waren. Von diesen hässlich kurzen aber hohen Ostseewellen einmal abgesehen, die er auf den Ozeanen nicht erlebt hatte. Ich selbst blieb bei hauptsächlich trockenem Brot und Getränken ohne Kohlensäure. Nur Ronnie aß mit Heißhunger von einem scharfen Bohneneintopf den Jaromir noch vor dem Sturm gekocht hatte.

Wir setzten zwei Klüver und ein Großsegel und kreuzten in kurzen Schlägen gegen den Sturm an. Als wir den Sturm endlich überstanden hatten, flaute der Wind gleich wieder drastisch ab. Außerdem kam er aus der falschen Richtung, so dass wir weiterhin kreuzen mussten. Durch das Kreuzen verzigfachte sich unser Weg und das bei einer Geschwindigkeit von etwa zwei Knoten.

Laufen wäre schneller gewesen.

Doch nur Auserwählte können über das Wasser laufen.

Durch die erste große Flaute und dem anschließenden Sturm, bei dem wir auf der Stelle gekreuzt sind, waren wir nach einer Woche auf See nur wenig weiter als zu Beginn der Reise. Mir blieb weniger als eine Woche Arbeitsunfähigkeitsattest. Weniger als eine Woche bis ins Vogtland. Und wir kreuzten mit zwei Knoten vor der mittelschwedischen Küste. Doch das störte mich nicht. Auf See interessieren einen die Landprobleme nicht. Es gibt kein in der Woche und kein Wochenende, es gibt kein Tag und kein Nacht, es gibt nur Wache und Freiwache und die weite, weite See.

Wir Crewmitglieder lernten uns zunehmend besser kennen. Mikas hartes, finnisches Englisch, das gedehnte tschechische Englisch von Jaromir, das etwas abgehackte aber perfekte philippinische Englisch von Robert, das ostberlinerische Englisch von Ronnie und mein sächsisches Englisch. In der deutschen Sprache spreche ich dialektfrei aber im englischen kann ich nicht verbergen, dass ich in Dresden aufgewachsen bin.

Mika war nach dem Abitur in Finnland, nahe der russischen Grenze, als Bauhilfsarbeiter nach Abu Dhabi gegangen. Später erwarb er den LKW – Führerschein und arbeitete als LKW – Fahrer für einen großen Konzertveranstalter und ging mit, hauptsächlich, Heavy Metal Bands, auf Tournee. Nach einigen Jahren begann er ein Maschinenbaustudium in Kopenhagen. Bei einem Ferienjob auf einer norwegischen Ölplattform blieb er hängen und brach sein Studium ab. Jetzt war er auf dem Weg nach Korsika um dort mit Touristen geführte Mountainbiketouren zu fahren.

Jaromir war der mit abstand Jüngste von uns. Er stammte aus Prag, war der Sohn einer geschiedenen Kaufhallenkassiererin und studierte Philosophie. Nebenbei arbeitete er in Prag als Kellner. In den Semesterferien reiste er per Interrailticket durch ganz Europa. Als er das wunderschöne Segelschiff sah, sprach er Ronnie an, was man tun müsse um auf so einem herrlichen Schiff fahren zu können. Und Ronnie entgegnete: gut kochen und kräftig mit anpacken.

Über Robert war nicht viel zu sagen. Als Achtzehnjähriger wurde er von einem Onkel auf den Philippinen auf ein deutsches Container-schiff unter liberianischer Flagge vermittelt. Jetzt fuhr er seit über zehn Jahren für verschiedene deutsche Reedereien auf verschiede-nen Containerschiffen aber auch auf Gastankern.

Was immer blieb, war die Fahne Liberias.

Und die drei erfuhren einiges über Ronnie Krause und mich. Den Namen Mike Krüger fand keiner lustig, da der Finne, der Tscheche und der Philippine ja den gleichnamigen Komiker und Sänger nicht kannten. Ronnie stammte aus dem Ostberliner Bezirk Lichtenberg, hatte sich, nach dem Tod seiner Eltern bei einem Verkehrsunfall, auf der Erweiterten Oberschule für die Volksmarine der DDR ver-pflichtet, kam zu einer Ausbildungsfahrt auf das Segelschulschiff – Wilhelm – Pieck und ging im September neunzehnhundertneunund-achtzig zur Grundausbildung bei der Volksmarine. Wenige Wo-chen später begann die Wende und er wurde im Sommer neunzehn-hundertneunzig entlassen.

Der Grund warum Ronnie seit seinem vierzehnten Lebensjahr zu-erst bei der Gesellschaft für Sport und Technik – GST und später für die Volksmarine der Deutschen Demokratischen Republik tätig wurde, war einfach.

Die schicke Matrosenuniform und deren positive Wirkung auf Mädchen.

Ein Vorteil den Ronnie zigfach nutzte.

Und was gab es zu mir, Mike Krüger, zu sagen. Ich war in der Dres-dner Neustadt als Sohn zweier Lehrer geboren. Das Militär und die Marine interessierte mich eigentlich überhaupt nicht.

Aber Segelschiffe.

Ich sah als Kind die Verfilmung des *Seewolfs* mit Raimund Harms-dorf im Fernsehen, die im Fernsehen der DDR als Achtteiler lief und die Verfilmung *Zwei Jahre Ferien*, die unter dem Titel *Piraten des Pazifik* ebenfalls als Achtteiler im DDR Fernsehen lief. Ein Zusam-menschnitt als Zweiteiler lief auch bei uns um die Ecke in einem kleinen Kino. Ich muss öfters als zehn Mal im Kino gewesen sein.

Deshalb interessierten mich auch alle Beiträge in Zeitschriften und im Fernsehen über das Segelschulschiff – Wilhelm – Pieck.

Da für meine Eltern fest stand, dass ich das Abitur mache und studiere und für meine Lehrer und den Schuldirektor feststand, dass der, der auf die Erweiterte Oberschule will, sich für einen längeren Wehrdienst zu verpflichten hat, meldete ich mich früh für einen vierjährigen Dienst bei der Volksmarine.

Meine halbe Fahrkarte auf das Segelschulschiff – Wilhelm – Pieck.

Mein Vater der Unteroffizier der Reserve der Nationalen Volksarmee war und sehr angagiert bei den Kampfgruppen und der Gesellschaft für Sport – und Technik, regelte mit seinen Beziehungen den Rest.

Durch eine längere Krankheit musste ich ein Schuljahr wiederholen, sodass ich mein Abitur erst neunzehnhundertneunzig machte. Da stand das Ende der DDR bereits fest und der längere Wehrdienst hatte sich erübrigt, worüber ich nicht traurig war.

Aber die Ausbildungsfahrt auf dem Segelschulschiff – Wilhelm – Pieck hatte ich schon neunzehnhundertsiebenundachtzig absolviert. Die konnte mir keiner nehmen.

Aufgrund meiner damaligen Krankheit konnte ich trotz allgemeiner Fitness und Gesundheit eine sehr schlechte Tauglichkeitsstufe bei der Musterung erreichen. So blieb mir nicht nur der Wehrdienst bei der NVA der DDR erspart, sondern auch der Wehrdienst bei der Bundeswehr.

Besser hätte es nicht laufen können.

Durch meine Ausbildungsfahrt auf dem Segelschulschiff – Wilhelm – Pieck kam ich als alter Hase nach Bremen auf das Segelschulschiff – Alexander – von – Humboldt, dem grünen Schiff aus der Beck's Pilsener Werbung. Da war ich bereits dem Segeln von traditionellen Segelschiffen voll und ganz verfallen. So blieb ich die nächsten Jahre, als Hand – für – Koje - Segler, zum Leidwesen meiner Eltern, auf See. Mit Mitte zwanzig raffte ich mich dann doch noch für ein Studium auf.

Es war ein schönes Gefühl wieder auf See zu sein, am Morgen barfuss über die kalten, feuchten, glatten Holzplanken zu laufen, das

Rollen des Schiffes, das Schlagen der Segel, das Knarren und Knirschen der Tampen der Takelage und die frische Seeluft zu atmen. Ich dachte nicht an die Schule und ich dachte nicht an Kerstin. Und ich dachte nicht an meine ungewisse Zukunft.

Zukunft ist immer ungewiss aber nur manchmal merken wir es.

Eines Abends nach dem Abendessen ging ich auf die Back um Kartoffeln zu schälen. Der Wind hatte mittlerweile gedreht. Er war immer noch sehr schwach aber zumindest Raumwind. Wir mussten nicht mehr kreuzen und sparten so eine Menge Weg. Auch das ständige Segelumsetzen entfiel, weshalb die Freiwachen nun tatsächlich Freiwachen waren und wir besser schlafen konnten. Wir hatten beide Schonersegel und drei Klüver gesetzt. Für den Großklüver war einfach zu wenig Wind.

So machten wir mäßige Fahrt.

Ich sollte ab Mitternacht die Hundswache gehen, wollte mich aber nicht sofort nach dem Essen hinlegen. Der Himmel war blau, ein paar Schönwetterwölkchen, mäßiger Wind, kaum Wellen, das Holz der Planken war angenehm warm. Ich nahm mir einen großen Topf mit Wasser, einen Kartoffelschäler, ein Messer, eine Schüssel für die Schalen und ein großes Netz Kartoffel mit, setzte mich aufs Deck der Back und begann zu schälen. Dabei dachte ich über etwas nach was Ronnie beim Abendessen gesagt hatte, nachdem Jaromir einen Witz über die Klimaerwärmung gemacht hatte.

Ronnie erzählte folgendes:

Im Neunzehntenjahrhundert sind zwei Dinge passiert. Das Erste war die Eisenbahn. In den dreißiger Jahren des neunzehnten Jahrhunderts wurden die ersten kurzen Strecken eröffnet und am Ende des Jahrhunderts hatte praktisch jedes Dorf einen Bahnanschluss. Das Eisenbahnnetz war so dicht, wie man es sich heute gar nicht mehr vorstellen kann. Das Zweite war die Schifffahrt. Zu Beginn des neunzehnten Jahrhunderts waren die Schiffe aus Holz und nicht viel größer als das Schiff auf dem wir jetzt fuhren. Am Ende des Jahrhunderts waren die Schiffe aus Stahl und hundert – hundertfünfzig oder mehr Meter lang. Es gab riesengroße Segelschiffe gegen die die Alexander – von – Humboldt oder die Gorch Fock klein sind.

Und es gab riesengroße Dampfschiffe mit elektrischem Licht, Fahrstuhl und Bordtelefon.

Die technische Revolution in der Schifffahrt und die Eisenbahn machten einige Veränderungen notwendig.

Die Zeitzonen wurden geschaffen. Bis dahin war es in jedem Ort zwölf Uhr Mittags, wenn die Sonne im Zenit stand.

Außerdem benötigte man einen genauen Wetterbericht.

In der zweiten Hälfte des neunzehnten Jahrhundert schossen die Wetterstationen wie Pilze aus dem Boden. Stationen die alle nach dem gleichen Standart und zur selben Uhrzeit das Wetter beobachten und die miteinander durch die Telegraphie verbunden waren. So konnte, in erster Linie, durch Windrichtung und Geschwindigkeit und dem Luftdruck ein sehr präziser Wetterbericht erstellt werden.

Ein Wetterbericht der fast genauso präzise war, wie der heutige.

Und dann passierte des Furchtbare.

Der Wettersatellit wurde erfunden.

Ein einziger Satellit macht den Job von zig Wetterstationen. Die Wetterstation war plötzlich genauso wichtig, wie die Pferdewechselstation für Postkutschenpferde nachdem sich die Eisenbahn durchgesetzt hatte.

Nur gab es einen wichtigen Unterschied zwischen Pferdewechselstation und Wetterstation.

Die Pferdewechselstation wurde von einfachen Gastwirten betrieben, während die Wetterstation von Akademikern betrieben wird.

Plötzlich tauchte die Klimakatastrophe auf, die uns alle bedroht und über die man viel zuwenig weiß und die man beobachten muss.

Es gibt heute keine einzige Pferdewechselstation für die Pferde der Postkutsche mehr aber es hat nicht eine einzige Wetterstation dicht gemacht und Tausende von Diplomwetterfröschen stehen in Lohn und Brot.

Plötzlich wurde ich aus meinen Gedanken gerissen.

Ein großes Schiff kreuzte unseren Weg.

Als Segelschiff hatten wir die Vorfahrt, doch das schien das andere Schiff nicht zu interessieren.

Und noch etwas war besonders.

Jeder Laie konnte erkennen, dass es sich um einen sehr alten Frachter handelte. Solche Schiffe fahren seit Jahren nicht mehr auf der Ostsee. Es war etwa hundertfünfzig Meter lang, sein Schiffsrumpf war genietet und es hatte keinen Bugwulst. Wer sich ein bisschen mit Schiffen auskannte, konnte erkennen, dass es ein Kombischiff war. Halb Passagierschiff und halb Stückgutfrachter. Ein Schiff, wie es zu Mitte des zwanzigsten Jahrhunderts gebaut wurde und wie es zu Beginn der achtziger Jahre des zwanzigsten Jahrhunderts von den Meeren verschwand.

Die Ladebäume waren gelb gestrichen, das Deckshaus weiß und der Rumpf hellgrau, unterhalb der Klüsen war es rostbelaufen. Der graue Anstrich wirkte matt und verwittert. Das Schiff konnte einige Schönheitsreparaturen

vertragen, machte aber ansonsten einen guten Eindruck.

Und irgendwie kam es mir bekannt vor. Jetzt sah man dass, das Schiff von einem Hochseeschlepper geschleppt wurde. Der Schlepper hatte die litauische Flagge.

Als der Schleppzug näher kam, konnte ich den Namen des großen, alten Schiffes lesen.

Am Bug stand:

J. G. Fichte.

Es war das berühmte ehemalige Ausbildungsschiff der Deutschen Seereederei Rostock, - DSR, das in den siebziger Jahren durch die Fernsehserie *Zur See* berühmt wurde.

Am Freitag, dem siebenten Januar neunzehnhundertsiebenundsiebzig um zwanzig Uhr saß ich mit meinem Vater vor dem Fernsehapparat. Vater hatte die *Aktuelle Kamera* gesehen. Meine Mutter war auf einer Versammlung des Demokratischen Frauenbundes Deutschland, - DFD und ich sollte eigentlich um zwanzig Uhr ins Bett gehen. Ich war sechs Jahre alt und es war mein letztes Jahr im Kindergarten. Plötzlich begann dieser Film mit dem Schiff. Weder

Vater noch ich konnten uns losreißen und so sah ich die erste Folge von *Zur See.*

Am anderen Morgen, meine Eltern mussten als Lehrer ja auch Sonnabends arbeiten, sah ich bei meiner Oma die Wiederholung im Fernsehen.

Und so ging dies nun die nächsten neun Wochen.

Am Freitag durfte ich „ausnahmsweise" aufbleiben und am Sonnabend sah ich am Morgen noch einmal die Wiederholung.

Zu Fasching ging ich in den Kindergarten als Kapitän.

Meine Mutter hatte mir eine Faschingskapitänsmütze für Erwachsene kleiner genäht, eine dunkelblaue Hose und eine dunkelblaue Jacke mit zwei Reihen goldener Knöpfe mit Ankern darauf besaß ich. Eigentlich war dies die gute Garderobe für Festlichkeiten und nicht für den Kindergarten. Ein weißes Hemd mit Manschettenknöpfen hatte ich ebenfalls für Feiern und eine dunkle Krawatte bekam ich von Vater.

Doch was machte dieses Schiff auf hoher See an der Schlepptrosse eines litauischen Schleppers?

Der Gedanke hing mir noch lange nach.

Etwa eine halbe Stunde später ging ich in meine Koje. Auch hier musste ich an diese ungewöhnliche Begegnung auf See denken.

Über diese Gedanken schlief ich ein. Gegen 23. 30. Uhr weckte mich Mika. Ab Mitternacht begann meine Wache, die Hundswache, bis früh um vier.

Da wir konstanten Raumwind hatten mussten wir die Segel nicht umsetzten und ich konnte die anderen schlafen lassen. Wir näherten uns langsam den deutschen Küstengewässern. Es war mit erhöhtem Schiffsaufkommen zu rechnen. Da unser Schiff normalerweise mit vielen Touristen unterwegs war, hatten wir das Automatic Identification System - AIS Ausrüstung der Berufsschifffahrt. Auf meinem Display konnte ich alle Schiffe erkennen, die über einen Ultrakurzwellensender das AIS Signal abgaben. Die Position der Schiffe wurde mit dem Global Positioning System - GPS geortet.

Die Schiffe wurden automatisch in meine elektronische Karte eingegeben, wobei ein Bild ähnlich einem klassischen Radarbild entsteht. Außerdem konnte ich auf dem AIS Gerät die Daten der Schiffe abfragen inklusive der Rufnummer. Bei Bedarf konnte man so zum Beispiel die Vorfahrt individuell regeln. Neben dem AIS Gerät, hatte ich noch das klassische Radar und das Echolot zu beachten. Von einer wunderschönen Galionsfigur kaschiert befand sich am Bug unseres Schiffes eine Kammara, mit Restlichtfunktion, deren Bild ich auf einem weiteren Monitor hatte. Dies ersparte uns den Ausguck. Kurshalten war in der Ostsee noch nie eine große Sache gewesen aber mit dem GPS natürlich ein Klacks. Doch die Technik erspart einem nicht die Handarbeit. Gegen halb drei versuchte eine Yacht mich mit dem Scheinwerfer zu erfassen, weil der Sportbootfahrer nicht in der Lage war unsere Positionsbeleuchtung zu lesen. Ich nahm den Handscheinwerfer und leuchtete ein paar Mal in die Takelage, so konnte er uns erkennen.

Die Technik erleichterte viel und dennoch war ich stolz, dass ich die Position auch noch mit einem Sextanten, dem Chronographen und den Tabellen hatte bestimmen können und den Kurs mit dem Besteck durch Kopplung absetzten konnte.

Bei aller Begeisterung für die Technik war ich auch froh, dass wir keine Joysticksteuerung hatten, sondern ein wunderschönes altes Ruder, - ein Holzsteuerrad. Ich konnte nie etwas der Binnensegelei, der Hochseesportsegelei, Sportbooten und Regatten abgewinnen. Ich mochte noch nicht einmal die Regatten der großen Traditionssegler. Ich wollte gemütlich vor mich hinsegeln. Am Ruder stehen war immer noch das Größte, auch wenn ich im Schein meiner Monitore und Displays stand.

Am Freitagvormittag hatten wir kurz Mobilfunknetz und ich schrieb Kerstin mit Ronnies Mobiltelefon eine SMS. Sie sollte im Sekretariat Bescheid sagen, dass ich am Montag wieder zum Dienst kommen würde. Am frühen Sonntagmorgen holte uns ein Fischereifahrzeug, das Ronnie telefonisch bestellt hatte ab, um uns in den Hafen von Stralsund zu schleppen. Direkt nach dem Anlegen rannte ich zu einem Taxi, das wir ebenfalls telefonisch bestellt hatten. Am Bahnhof löste ich ein Wochenendticket und fuhr mit Regionalzügen ins Vogtland. Am Abend erreichte ich meine Wohnung und ging am nächsten Morgen pünktlich zur Schule.

Ich erklärte dem Direktor, dass die Nichtverlängerung meines Vertrages mich sehr mitgenommen hatte und ich deshalb nicht arbeitsfähig war. Für einen leidenden Menschen sah ich aber sehr gesund und vor allem braun gebrannt aus.

Im Vogtland hatte es die ganzen zwei Wochen geregnet. Ansonsten schien alles gut gegangen zu sein. Auf dem Anrufbeantworter meines Festnetztelefons befand sich kein Anruf und auf meinem Mobiltelefon, was ich zu Hause gelassen hatte auch nicht. Im Briefkasten steckten nur Werbeprospekte. Keiner schien meine vierzehn Tage Abwesenheit mitbekommen zu haben.

Einerseits beruhigte mich das.

Andererseits war es auch ernüchternd.

Niemand vermisste mich.

Auch Kerstin nicht.

Sie war mit mir tatsächlich fertig.

An diesem Montag hatte die letzte Schulwoche vor den Sommerferien begonnen. Die Abiturienten waren längst weg und viele der anderen Klassen hatte noch irgendwelche Projekte oder Klassenfahrten. Der Unterricht war die reinste Gammelei.

Alles wartete auf den Freitag, den letzten Schultag.

Ich hatte mich damit abgefunden, dass mein Vertrag nicht verlängert werden würde und Kerstin ging ich, so gut es ging, aus dem Weg. Es fiel leichter als erwartet. Sie gehörte zu einem anderen Lebensabschnitt.

Ein Abschnitt der jetzt vorbei war.

Nach der sechsten Schulstunde hatte ich frei und ging nach Hause. Ich musste meinen Seesack noch auspacken und in den Waschsalon gehen zum Wäschewaschen. Auf dem Bahnhof von Stralsund hatte ich mir eine Tageszeitung gekauft, für die Zugfahrt, sie in die Tasche gesteckt und vergessen. Erst jetzt als sie mir in die Hände fiel, erinnerte ich mich an sie. Also nahm ich die Tageszeitung mit in den Waschsalon.

An diesem frühen Montagnachmittag war es im Waschsalon sehr ruhig. Ich war der einzige Kunde. Nachdem ich das Waschmittel aus dem Automaten gezogen hatte und die Maschinen bestückt hatte, setzte ich mich auf die große Bank in der Mitte des Raumes und schlug diese alte Tageszeitung auf.

Irgendwann stieß ich auf die Schlagzeile.

MS Johann Gottlieb Fichte, das legendäre Fernsehschiff, gesunken.

Ich erstarte für einen unendlich langen Augenblick.

Dann las ich den Artikel mehrere Male nach einander.

Ich konnte nicht glauben was dort stand. Es las sich wie ein Artikel zum ersten April. Laut Zeitung war das Schiff keine Stunde nachdem ich es gesehen hatte versunken. Die See war ruhig, es gab kaum Wellen und nur mäßigen Wind, strahlend blauen Himmel und Sonnenschein. Der Schlepper Kapitän hatte die Schlepptrosse gekappt, weil das Schiff eine zu starke Schlagseite hatte. Und auch meine Frage wurde beantwortet: was machte dieses Schiff auf hoher See?

In der Zeitung stand, dass es nach Litauen zum Abwracken geschleppt werden sollte.

Wieso sollte dieses traditionsreiche Schiff überhaupt abgewrackt werden?

Was lief hier?

An dieser Stelle hätte ich mich um meine Wäsche kümmern oder über eine neue Anstellung als Lehrer nachdenken können. Ich brauchte einen neuen Job, ich brauchte eine neue Wohnung, ich musste meine alte Wohnung kündigen.

Es gab so viel zutun.

An dieser Stelle hätte ich noch aussteigen können.

Hier wäre ich noch davon gekommen.

Andererseits war es bereits zu spät.

Es war zu spät in dem Augenblick, in dem ich diesen Zeitungsartikel las.

Ich steckte drin.

Ich wusste es bloß noch nicht.

Die nächsten Tage war ich wie elektrisiert.

Diese Sache ging mir nicht aus dem Kopf. Ich war so geistesabwesend, dass der Direktor doch noch dachte, dass die Geschichte mit meiner Vertragsverlängerung mir so nah ging.

Die Zeit verging unendlich langsam.

Am Dienstagnachmittag ging ich auf das Arbeitsamt um mich arbeitslos zu melden.

Am Mittwoch ging ich zur Wohnungsbaugenossenschaft um den Mietvertrag für meine Wohnung zu kündigen.

Der Donnerstag war der schlimmste Tag, denn ich hatte nichts weiter zu tun als meinen Schrank in der Schule auszuräumen.

Am Freitag endete die Schule kurz nach elf Uhr.

Ich war ein freier Mann.

Am Abend war ich zu einer Grillparty der Elfklässler an den Strand des Stausees eingeladen. Auch einige Lehrer hatten mich eingeladen, mit ihnen ein Glas Wein in einem guten Restaurant zu trinken. Ich zog die Grillparty der Elfklässler vor. Jetzt musste ich nur noch das Wochenende überstehen.

Es gab verschiedene Möglichkeiten Informationen einzuholen.

Ich entschied mich für Vorort.

Und es gab verschiedene Möglichkeiten nach Vorort zukommen.

Ich entschied mich für das Trampen.

Der erste Grund war das Geld. Als Lehrer im ersten Berufsjahr verdiente ich ja nicht gerade üppig und ich wusste nicht wann die nächste Überweisung kommen würde. Ich hatte zwar einige Bewerbungen laufen, konnte aber nicht sicher sein, ab dem nächsten Schuljahr wieder eine Anstellung zu haben. Das Arbeitslosengeld würde sehr mager ausfallen und nur ein weiser Mann in Nürnberg wusste, wann die erste Überweisung auf meinem Konto fällig wäre.

Der zweite Grund war, beim Trampen konnte ich am besten nachdenken und gegebenenfalls über meine Gedanken mit Menschen sprechen, die ich nie wiedersehen würde.

Der dritte Grund war mein Alter.

Mit fünfunddreißig hatte ich nicht mehr viel Zeit für diese Art des Reisens. Vielleicht würde es das letzte Mal sein.

Ich hatte das Trampen immer gemocht.

Beim Trampen lernt man Menschen aller Berufsgruppen, sozialen Schichten, Altersklassen und Regionen kennen und kommt mit ihnen ins Gespräch.

Und man fährt mit Autos mit, mit denen man sonst nicht in Berührung kommt. Wann fährt ein Lehrer schon mit einem Vierzig – Tonner – Sattelzug oder mit einem Porsche.

Obwohl es sehr, sehr viele VW – Golf gibt, bin ich nur ein paar mal von Golffahrern mitgenommen worden, dagegen gibt es sehr, sehr wenige Chrysler und ich bin sehr häufig von Chryslerfahrern mitgenommen worden.

So etwas finde ich interessant.

Das erste Mal war ich neunzehnhundertachtundachtzig an die Ostsee getrampt. Ich war siebzehn Jahre alt und meine Schulferien hatten begonnen. Trampen war das ganz große Abenteuer für mich, in etwa gleichbedeutend mit dem Segeln auf großen Segelschiffen. Zu dieser Zeit war Trampen nicht gerade in Mode. Die Modephase lag etwa zehn bis fünfzehn Jahre zurück. Als Kind hatte ich das Buch *Trampen nach Norden* gelesen und den gleichnamigen Film im DDR Fernsehen gesehen. Ab da stand für mich fest, dass ich dies auch machen werde. Am ersten Ferientag der großen Ferien packte ich einen grünen Jägerrucksack und nahm ein geborgtes Zelt. Am frühen Morgen lief ich in Dresden zur Hansastraße, in der Nähe des Dresdner Hafens, hinter dem Neustädter Bahnhof und streckte den Daumen raus. Nach etwa zwanzig Minuten hielt ein blauer S – 4000. Etwas prächtigeres als Startfahrzeug für mein großes Abenteuer hätte ich mir nicht wünschen können. Der Fahrer, Ende fünfzig, mit grauen Haaren, trug einen blauen Arbeitsanzug und eine graue Schiebermütze. Er sagte während der ganzen Fahrt kein Wort. Für mich als Lehrerkind, der sein ganzes Leben zuhause und in der Schule unter Lehrern verbracht hatte, war dieser LKW – Fahrer der Innbegriff des Arbeiters. Nach wenigen Kilometern endete die Fahrt an einer verlassenen Autobahnabfahrt. Als Anfänger machte ich den Fehler soweit wie möglich mitzufahren und dann, gegebenenfalls, an der verlassensten Autobahnauffahrt der DDR zu stranden. Hier stand ich in praller Hitze vier Stunden lang, bis mich ein W 50 mitnahm. Der Fahrer fragte mich, wo ich hinwolle und ich sagte nur: Ostsee, worauf der Fahrer entgegnete, dass ich unbedingt nach Kühlungsborn müsse. Da ich als Anfänger auch keine Straßenkarte bei mir hatte, schenkte mir der LKW – Fahrer zum Schluss seine Straßenkarte mit den Worten: „Sonst brauchst du Tage um den Berliner Ring."

Tatsächlich brauchte ich mehr als einen Tag für die rund zweihundert Kilometer von Dresden nach Berlin. Nicht das es schlecht lief, bloß ich stellte mich zu blöd an. Die laue Sommernacht verbrachte ich in einem goldgelben Getreidefeld an der Autobahn. Am nächsten Morgen nutzte ich eine Fahrgelegenheit mit einem beigen Moskwitsch 408 in das Zentrum von Berlin. Der Fahrer ließ mich direkt am Alexanderplatz raus. Ich aß einen Eisbecher im Eiscafé im Sockelbau des Hotels Stadt Berlin, starrte die ganze Zeit zum Fernsehturm hinauf, ging zur Weltzeituhr und in das Centrumwarenhaus. Hier kaufte ich eine Langspielschallplatte mit dem Titel Country Roads, ein Sammelalbum mit Country Hits und einem roten Sonnenuntergang und einem Kaktus auf der Hülle. Nichts war im Rucksack eines Trampers unpraktischer als eine LP, noch zumal besaß ich, zuhause, keinen Plattenspieler, sondern nur einen Kassettenrekorder.

Aber es passte so schön. Country Roads.

Später lief ich zur Prenzlauer Allee und fuhr mit der Straßenbahn in Richtung Autobahn.

An der Ausfallstraße standen unzählige Tramper, während die meisten Fahrzeuge mit Familien und Gepäck beladene Urlauber mit und ohne Campinganhänger waren. Erst gegen drei Uhr am Nachmittag erwischte ich ein Fahrzeug. Wieder ein Moskwitsch. Von der Autobahnabfahrt Rostock Süd lief ich zum Rostocker Hauptbahnhof, fuhr mit dem Zug in Richtung Wismar, bis Bad Doberan und von dort mit dem Molli, der Dampfeisenbahn, bis Kühlungsborn West. Am Abend stand mein Zelt dort auf dem Campingplatz. In nur zwei Tagen hatte ich die vierhundert Kilometer geschafft. Das war besser als Jugendtourist und all der Reisebürokram zusammen. Später nach dem Fall der Mauer war ich noch nach Schweden getrampt.

Auch in meiner Zeit in Australien und Namibia war ich so unterwegs. Heutzutage wurde das Trampen immer schwieriger. Autobahnauffahrten hatten Leitplanken und Bordsteinkanten, absolutes Halteverbot schon Kilometer vor der Abfahrt, endlose Autobahnzubringer, immer höhere Geschwindigkeiten, dies alles erschwerte das Trampen. Aber wenn man einmal auf der Autobahn war und nur von Raststätte zu Raststätte, Autohof zu Autohof, Tankstelle zu Tankstelle trampte, lief es gut. Ich sprach an den Tankstellen die Autofahrer persönlich an oder stellte mich mit einem Pappschild an das Ende des Parkplatzes. Der gute alte Daumen kam nur noch selten zum Zug.

Und die Fahrzeuge waren langweiliger geworden.

In meiner Kindheit konnte ich nur am Geräusch des Motors die Fahrzeuge erkennen: Schwalbe, Trabant 601, Wartburg 311, Wartburg 353, Skoda 100 S, S 4000, W 50, Lo 3000. Ich konnte sogar einen Wartburg von einem Barkas B 1000 unterscheiden, obwohl es der gleiche Motor war. Jetzt klingen alle Fahrzeuge gleich. Viele Autos kann ich noch nicht mal unterscheiden, wenn ich sie sehe. Sie sehen gleich aus, sie klingen gleich und sie riechen gleich.

Und dennoch machte mir das Trampen immer noch Spaß.

Am frühen Montagmorgen fuhr ich mit der Straßenbahn aus Plauen. An einer Bushaltestelle trampte ich bis zur Autobahn.

Gleich bei der Autobahnabfahrt Schleiz, an der Rennstrecke Schleizer Dreieck, im Dorf Gräfenwarth hatte der berühmte Rennfahrer Manfred von Brauchitsch, nach seiner Flucht in die DDR gelebt.

Nachdem Manfred von Brauchitsch ein Buch bei einem DDR Verlag hatte verlegen lassen, wurde er in seinem Haus in Starnberg festgenommen und für acht Monate ins Gefängnis gesteckt. Kurz vor seinem Prozess nutzte er einen Hafturlaub um Silvester neunzehnhundertvierundfünfzig, in die DDR zu flüchten.

Seine Frau blieb in Starnberg und wurde so sehr gedrängt ihren Mann zu einer Rückkehr in die Bundesrepublik zu bewegen, dass sie neunzehnhundertsiebenundfünfzig Selbstmord beging. Manfred von Brauchitsch war neunzehnhundertsiebenundfünfzig Gründungsmitglied und erster Präsident des Allgemeinen Deutschen Motorsportverbandes der Deutschen Demokratischen Republik, - des ADMV der DDR und von neunzehnhundertsechzig bis zur Wiedervereinigung Präsident der Gesellschaft zur Förderung des olympischen Gedankens in der DDR. Neunzehnhundertachtundachtzig erhielt er den Olympischen Orden des Internationalen Olympischen Komitees, - IOC. Am dritten Oktober Neunzehnhundertneunzig wurde er ein zweites Mal Bundesbürger.

Heute hört man nur noch von Leuten, die in der DDR aus politischen Gründen im Gefängnis saßen und in die Bundesrepublik geflüchtet sind.

Andersherum hört man die Geschichte nie.

Von Schleiz ging es gut weg. Zum Glück war, an der Autobahnabfahrt, ein Autohof mit einer großen Tankstelle. Mit dem ersten Wagen, ein Rechtsanwalt mit einem silbernen Mercedes W 212, kam ich bis zur Raststätte am Autobahnkreuz Hermsdorf. Der Fahrer bog dort ab und fuhr nach Gotha um dort eine insolvente Firma abzuwickeln. Am Abend wollte er zurück in Stuttgart sein und mit seiner Frau auf ein Schlagerkonzert in die Hanns – Martin – Schleyer -Halle gehen.

Die Halle war nach einem Opfer des Terrorismus benannt. Hanns – Martin Schleyer war als Student der Schutzstaffel, – der SS beigetreten. Als erstes forderte er, dass die Altenherren, die Juden waren, aus der Studentenverbindung entfernt werden. Später half er maßgeblich die Universität Judenfrei zumachen. Ab neunzehnhundertdreiundvierzig ging er einer Tätigkeit in Prag nach, - die Beschaffung von Zwangsarbeitern für die deutsche Industrie. Ein Hauptabnehmer, der gut ausgebildeten tschechischen Zwangsarbeiter, war die Firma Daimler Benz in Stuttgart. Nach dem Krieg bedankte sich die Firma bei Schleyer mit einer Anstellung in der Personalabteilung. Zehn Jahre nach dem Krieg war Schleyer Chef der Personalabteilung, später war er Vorsitzender des Verbandes der Arbeitgeber und, in Personalunion, Präsident des Bundes Deutscher Industrie, - BDI.

Heute ist er nur noch ein Opfer der Gewalt und liebevoller Vater und Großvater.

Mit dem zweiten Wagen, einem roten Audi, mit einem Architekten, führ ich bis zur Raststätte Michendorf.

Dort stand ich drei Stunden.

Mit dem dritten Wagen einem blauen Peugeot, eines Piloten fuhr ich bis zur Raststätte am Dreieck Wittstock.

Am Dreieck in Wittstock stand ich nur fünf Minuten und ein Rentner mit einem dunkelgrünen Renault stoppte.

Mit dem Rentner fuhr ich bis Rostock.

Alles in allem ging es in zwölf Stunden bis Rostock. Mit Regionalbahnen der Deutschen Bahn wäre ich auch nicht schneller gewesen. Aber teurer.

Die Hochzeitsüberraschung
(14. Januar 1977)

Am Freitag, dem vierzehnten Januar neunzehnhundertsiebenundsiebzig, um zwanzig Uhr lief im Fernsehen der DDR, erstes Programm, die zweite Folge der Fernsehserie Zur See mit dem Episodentitel:
Die Hochzeitsüberraschung.
Wie alle Episoden mit gerader Nummerirung spielt die Episode ganz oder fast ausschließlich an Land.
Die Fichte hat gerade in Rostock die Werft verlassen. Es wurden eine Reihe von Reparaturen durchgeführt. Jetzt wurde das Schiff in den Überseehafen verlegt. So kann während der letzten Reparaturen, bereits mit dem Laden für die nächste Reise begonnen werden.
Der Kapitän Hans Karsten sitzt mit seinen beiden Ersten Offizieren, dem Ersten Nautischen Offizier, - dem

Chief Mate Martin Schulze und dem Ersten Technischen Offizier, - dem Chief Paul Weyer bei einer Tasse Tee als die Musterrolle, - die Besatzungsliste für die nächste Reise eintrifft.

Der Kapitän hatte den Funker an ein anderes auslaufendes Schiff verborgt, da deren Funker mit einer Blinddarmkolik ins Krankenhaus musste.

Jetzt fehlt der Fichte der Funker.

Einziger in Frage kommender Funker ist der gerade eingelaufene Funker Petersen, doch der hält Hochzeit und möchte im Anschluss in die Flitterwochen reisen.

Kapitän Karsten bleibt nur noch eine Möglichkeit den geplanten Auslauftermin zu halten.

Er muss den Funker auf dessen Hochzeit shanghaien!

Jetzt erleben wir Kapitän Hans Karsten von einer ganz anderen Seite als in der ersten Episode.

Karsten ist extrem charmant, schlagfertig, witzig und rhetorisch gewandt.

Zuerst überredet er den Generalinspektor ihm einen Reiseauftrag als offizieller Gratulant der Reederei auszustellen. Als nächstes „überredet" er seine eigene Frau Inge, die, eigentlich, mit ihm und den Kindern ins Weihnachtsmärchen gehen wollte.

Mit sehr viel Charme und schauspielerischen Talent überredet er schließlich sogar Petersen einen Tag nach der Trauung an Bord zugehen und seine Braut mitzunehmen. Flitterwochen an Bord der Fichte als Hochzeitüberraschung für die Braut.

Jetzt muss „nur" noch der Betrieb der Braut überzeugt werden, der Braut sechs Monate Urlaub zu geben.

Und der Generalinspektor muss überredet werden die Formalitäten beim Generaldirektor zu regeln.

Schließlich durfte nicht jeder DDR Bürger ins NSW, - in das Nichtsozialistische Wirtschaftssystem reisen.

Nachdem Karsten am Produktionsstättenleiter des Betriebes, der Braut, gescheitert ist, versucht er es bei der Vorsitzenden der Betriebsgewerkschaftsleitung – BGL.

Mit Erfolg.

Es folgen weitere Verwirrungen, nachdem sich die Braut hintergangen fühlt, die Reise Dokumente nicht rechtzeitig eintreffen und der Chief sich bei einer Impfung, die zufällig die Frau des Kapitäns, die Ärztin Inge Karsten, durchführt „verplappert" und so die Ehefrau herausfindet, dass es ursprünglich, gar keine Idee der Reederei war, Hans Karsten zur Hochzeit zu schicken.

Als Höhepunkt verkündet die Braut, als man ihr die Hochzeitsüberraschung mitteilt, dass sie Seekrank wird und deshalb kein Schiff betritt.

Letztlich finden die Flitterwochen doch an Bord der Fichte statt. Das Schiff kann pünktlich auslaufen und auch Inge hat ihrem Hans verziehen.

In Rostock konnte ich in der Schrebergartenlaube, der Oma eines Freundes übernachten. Seit der Wiedervereinigung ist es zwar verboten in Gartenlauben zu übernachten aber die Oma hat's nicht weitergesagt und ich auch nicht.

Mein Freund war freiberuflicher Fotograf und er restaurierte, in seiner Freizeit, historische Fahrzeuge, womit er sich ein ordentliches Zubrot verdiente. Er überließ mir nicht nur die Gartenlaube, sondern einen Kleinkraftroller KR fünfzig – Schwalbe. Die Schwalbe war dunkelblau und hatte noch das originale eckige Rücklicht und nicht die klobigen runden Rücklichter der letzten Baujahre. Somit war ich mobil.

Zuerst begann ich die technischen Daten und die Geschichte des Schiffs zu erkunden. Anschließend den Sachverhalt der zum Verkauf des Schiffes führte und zum Untergang.

Das Schiff war einhundertdreiundsechzig Meter und vierzig Zentimeter lang über alles, hatte eine Breite von neunzehn Metern und sechzig Zentimetern. Vermessen war das Schiff mit elftausendfünfundvierzig Bruttoregistertonnen. Der Stapellauf war am einunddreißigsten Oktober neunzehnhundertachtundvierzig, in der Werft Ateliers et Chantiers de la Loire in Saint – Nazaire im Auftrag der Reederei Maritime de Chargeurs Réunis in Le Havre.

Das Schiff wurde auf den Namen Claude Bernhard getauft.

In Dienst gestellt wurde der Kombifrachter im Februar neunzehnhundertfünfzig.

Die technischen Daten waren schnell herausgefunden.

Für die Geschichte benötigte ich mehr Zeit.

Und die Geschichte war auch etwas anders als ich glaubte zuwissen.

Aber meistens ist die Geschichte etwas anders als man glaubt zuwissen.

Die Claude Bernard fuhr hauptsächlich zwischen Europa und Südamerika Fracht und Passagiere der ersten und zweiten Klasse. Mit seinen Ladebäumen war der Frachter auch in der Lage gewesen, sogenannte Naturhäfen anzulaufen, also Häfen, die über keine Krananlagen verfügen. Gelegentlich wurde das Schiff auch für Fahrten nach Afrika eingesetzt. Es bot Platz für ca. dreihundert Passagiere. Anfang der sechziger Jahre gingen die Passagierzahlen stark zurück, denn das Düsenflugzeug übernahm zunehmend diese Aufgabe. Als reines Frachtschiff hingegen, war das Schiff unrentabel.

Nach zwölf Jahren und fünf Monaten verkaufte es die Reederei an die Deutsche Seereederei Rostock, die das Schiff am siebenten August neunzehnhundertzweiundsechzig erwarb. Die neue Aufgabe war es Ausbildungsschiff zusein.

Der Passagierteil des Schiffes bot Platz für über zweihundert Auszubildende und deren Ausbilder, die nun unter praktischen Bedingungen eines frachtfahrenden Schiffes ausgebildet werden konnten. Einsatzgebiet war die Strecke nach Kuba.

Die Reederei befand sich in einem starken Wachstum und benötigte Personal. Neunzehnhundertzweiundfünfzig war die Reederei mit einem fast fünfzig Jahre alten Dampfer gegründet worden. Ende der sechziger Jahre gehörte die Reederei mit fast zweihundert Schiffen zu einer der Größten in Europa. Erst zwei Jahre vor dem Kauf der Claude Bernard wurde der neue Überseehafen in Rostock eingeweiht. In dieser Phase wurde ständig neues Personal gebraucht.

Bis zur Teilung Deutschlands gab es ja keinen Überseeschiffsverkehr von deutschen Ostseehäfen aus. Erst die Teilung Deutschlands führte dazu, dass eine Überseeschifffahrt aufgebaut werden musste.

In Mecklenburg gab es weder Häfen für große Frachtschiffe mit großem Tiefgang, noch große Schiffe für den Überseeverkehr, noch

Werften, die solche Schiffe bauen und warten konnten, noch gab es für solche Schiffe geschultes Personal. Neben dem Aufbau der Infrastruktur mussten ein Grossteil der neugebauten Schiffe an die Sowjetunion als Reparationsleistungen abgeliefert werden.

In den fünfziger Jahren wurde die Infrastruktur hergestellt und in den sechziger die große Flotte aufgebaut.

Mit der Übernahme des Schiffes durch die DSR wurde die Claude Bernhard in Johann Gottlieb Fichte umbenannt.

In den nächsten Jahren wurden die beiden anderen Ausbildungsschiffe, die Theodor Körner und die Heinrich Heine ausgemustert.

Neunzehnhundertsiebenundsechzig kam als zweites Frachtfahrendes Ausbildungsschiff, die belgische Charles Ville hinzu, die in Georg Büchner umbenannt wurde.

Auch die Georg Büchner hatte eine spannende Geschichte und ein spannendes Ende.

Auf der Johann Gottlieb Fichte wurden mehrere tausend Mann zu Facharbeitern als Matrosen im Decksbetrieb ausgebildet, dazu kamen noch etliche Nautische Offiziere und technisches Personal.

Viele spätere Kapitäne begannen hier ihre Seemannslaufbahn.

Im Sommer neunzehnhundertvierundsiebzig drehte die DEFA im Auftrag des Fernsehens der DDR die neunteilige Fernsehserie *Zur See* auf dem Motorschiff Johann Gottlieb Fichte und ab Freitag dem siebenten Januar neunzehnhundertsiebenundsiebzig kannte jeder in der DDR die Fichte.

Im Sommer neunundsiebzig wurde die Fichte dann ausgemustert und im Hafen von Wismar aufgelegt.

In den achtziger Jahren diente sie als Arbeiterunterkunft und nach der Wende und der Deutschen Einheit wurde das Schiff Jugendherberge und Garnihotel.

Bis vor einigen Wochen.

Ich musste also mit der Schwalbe nach Wismar fahren.

Während ich mich über die Geschichte der Fichte informierte klingelte mein Mobiltelefon. Ich war erst sehr spät zur Technologie des Mobiltelefons gekommen, denn ich mochte diese Dinger nicht besonders. Doch eines Tages hatte eine Freundin, nach mehreren Jahren, mit mir Schluss gemacht und nun konnte man sich nur noch mit Hilfe eines Mobiltelefons verabreden. Als ich sechzehn oder siebzehn Jahre alt war, hieß es: wir treffen uns am Freitag halb acht vor dem Kino, - dies war nun nicht mehr möglich. Jetzt hieß es, - wir telefonieren oder wir *simsen*. Wer mitspielen wollte brauchte so ein Ding. Wenn ich einen unbefristeten Arbeitsvertrag als Lehrer habe und verheiratet bin, werde ich wieder ein Leben ohne Mobiltelefon führen.

Hoffe ich.

Jetzt, während ich über der Geschichte der Fichte saß, klingelte mein Telefon und das Display zeigte: *unbekannte Nummer* an. Es meldete sich eine Anja, die ich nicht kannte. Sie war die Braut von Heiko, einem alten Kollegen aus HfK Tagen. Anja hatte meine Telefonnummer von Ronnie Krause. Heiko erzählte soviel über Ronnie und mich, so dass sie, Anja, uns als Überraschung zu ihrer Hochzeit einladen wollte. Die Trauung fand auf dem festliegenden Segelschulschiff Gorch Fock in Stralsund statt.

Gern unterbrach ich meine Arbeit und sagte dieser Einladung zu. Ich ahnte nicht, dass mich dieser Besuch ein Stück weiter bringen sollte.

Zum Glück hatte der Fotograf, in dessen Omas Gartenlaube ich wohnte, die gleiche Konfektionsgröße, Schuhgröße und Kragenweite wie ich. So konnte ich mir einen Anzug, Hemd, Krawatte und die entsprechenden Schuhe borgen. Auch das Wetter war sonnig und schön, so dass ich mit der Schwalbe, im Anzug mit Hemd und Krawatte, nach Stralsund fahren konnte. Da Stralsund gerade umgegraben wurde fand ich keinen geeigneten Weg zum Anlieger der Gorch Fock und das obwohl ich mich in dieser Stadt recht gut auskenne. Schließlich fuhr ich über eine Fußgängerbrücke.

An der Trauung in der Kapitänskajüte nahm nur das Brautpaar und die Standesbeamtin teil. Die anderen wenigen Gäste waren im Anschluss an die Trauung zu einem Kaffeetrinken in die Offiziersmesse eingeladen.

Das Segelschulschiff Gorch Fock war zweiundachtzig Meter und zehn Zentimeter über alles lang. Bei einer Breite von zwölf Metern hatte sie einen Tiefgang von vier Metern und achtzig Zentimetern. Ende neunzehnhundertzweiunddreißig wurde die Bark bei der Werft Blohm & Voss in Hamburg in Auftrag gegeben. Am vierzehnten Januar neunzehnhundertdreiunddreißig erfolgte die Kiellegung und schon am siebenundzwanzigsten Juni neunzehnhundertdreiunddreißig der Stapellauf.

Ab neunzehnhundertfünfunddreißig war ihr Heimathafen Stralsund.

Am dreißigsten April neunzehnhundertfünfundvierzig, Nachmittag um vierzehn Uhr wurde das Segelschulschiff Gorch Fock, im Strelasund versenkt. Nach Hebung und Instantsetzung wurde das Schiff am fünfzehnten Juni neunzehnhunderteinundfünfzig Segelschulschiff der sowjetischen Handelsmarine.

Nach dem Zerfall der Sowjetunion ging das Schiff an das Bildungsministerium der Ukraine, die es an den Verein Tall Ship Friends e. V. verkaufte. Seit zweitausenddrei liegt die wundervolle Bark wieder im alten Heimathafen Stralsund und wird aufwendig rekonstruiert. Eines Tages soll sie wieder unter Segeln auf die Meere gehen.

Nach der Trauung besichtigte ich die Gorch Fock und die Kapitänskajüte. Die Kapitänskajüte war unwahrscheinlich heiß. Durch die Bulleys viel wenig Tageslicht in den, mit dunklem Holz ausgebauten, Raum. Kleine Wandleuchten mit beige – gelben Lampenschirmen sorgten für ein angenehm warmes Licht. Vor den Bulleys waren ebenfalls beige – gelbe Vorhänge angebracht. An der Wand hing ein wunderschönes Kapitänsbild in einem schlichten, goldenen Rahmen, was das Schiff von vorn Steuerbord zeigte. An der gegenüberliegenden Wand stand ein großes Schiffsmodell.

Braut und Bräutigam zersägten mit einer Zimmermannssäge einen Tampen an Deck. Anschließend gingen wir alle in die kleine gemütliche Offiziersmesse zum Kaffeetrinken.

Heiko war sichtlich erstaunt Ronnie und mich zusehen und Anja war sichtlich zufrieden, dass ihre Hochzeitsüberraschung gelungen war.

Die Hochzeitsfeier mit der ganzen Familie von Braut und Bräutigam fand zwei Tage später auf der Insel Usedom in Zempin statt. Ronnie und ich waren wieder eingeladen.

Nach der Trauung und dem Kaffeetrinken wurden noch unzählige Fotos, des Brautpaares auf Deck der Gorch Fock gemacht. In dieser Zeit standen Ronnie und ich Achtern an der Reling gelehnt und sahen dem Treiben zu. Zum erstenmal seit wir nach unserer Schiffsüberführung gelandet waren, hatten Ronnie und ich Gelegenheit miteinander zusprechen.

Ich fragte Ronnie:

„Hast du schon von der Fichte gehört?"

„Ja der Wahnsinn was? Das Schiff hat uns alle geprägt, damals, durch die Fernsehserie. Ohne die wären wir vielleicht nie auf ein Schiff gekommen."

Ich entgegnete:

„Ich dachte bei dir war es die Matrosenuniform der GST und ihre positive Wirkung auf die Damenwelt und später die Matrosenuniform der Volksmarine mit gleicher Wirkung."

Ronnie lachte. Man sah eine Reihe seiner großen und schneeweißen Zähne, bevor er entgegnete.

„Das war viel später. Zu Zeiten von *Zur See* fand ich Weiber noch blöd und wollte Junggeselle bleiben und zur See fahren. Eigentlich durfte ich die Serie ja gar nicht ansehen. Freitagabend um acht. Ich war in der ersten Klasse und hatte am Sonnabend Schule. Da musst ich normalerweise um sieben, spätestens halb acht im Bett sein. Die Wiederholung am nächsten Morgen konnt ich aber auch nicht sehen, da hat ich ja Schule. Ich hab mich aber immer durchgemogelt und alle neun Teile gesehen und dann in den Maiferien ging es nach Rostock auf das Traditionsschiff Typ Frieden. Das mit dem Typ Frieden hab ich damals nicht kapiert. Ich dachte es ist die Frieden, die wurde ja mehrfach bei *Zur See* erwähnt als das Brotschiff vom Chief. Stolz wie ein Spanier stand ich da auf der Kommandobrücke, - mein lieber Schwan – du. Und die Niedergänge im Maschinenraum rauf und runter. Meine Eltern sind dann Essen gegangen und ich runter in die Maschine, rauf auf die Brücke, - hin und her.

Segelschiffe haben mich damals überhaupt nicht interessiert. Dass kam erst später."

Ich lachte und fragte:

„Was war mit den anderen maritimen Filmen? *Der Seewolf* und *Piraten des Pazifik*? Segelschiffromantik?"

Ronnie blickte in die Ferne und dachte nach:

„Hab ich, glaub ich, nie gesehen. Hat mich damals nicht interessiert. Ich fahr auch heute nur Segelschiffe, weil's die einzige Art ist zur See zu fahren. Lieber würde ich als Seemann auf einem Typ IV Schiff, ein Typ Frieden Schiff oder einem Schiff wie der Georg Büchner oder der Fichte fahren. Ich könnt jetzt Chief Mate oder sogar Kapitän sein.

Die modernen Containerschiffe und die heutigen Bedingungen, - ausgeflaggt... Das hat nichts mehr mit der Seefahrt von damals zutun. Da fahr ich lieber Touristen mit Segelschiffen umher.

Aber weißt du was ich noch gesehen hab? *Musik und Snaks vorm Hafen* mit den Expertenberichten von Kapitän Gerd Peters, am Sonnabendnachmittag."

„Oh ja." Fiel ich ihm ins Wort.

Wir schwiegen einen Augenblick und starrten beide, gedankenversunken, über die Reling in das Hafenbecken von Stralsund und dachten an die Kindheit in den siebziger Jahren in der DDR: der erste Besuch des Traditionsschiff Typ Frieden in Rostock Schmarl, Sonnabendnachmittage vor dem Fernseher: *Musik und Snacks vorm Hafen,* die Expertenberichte von Kapitän Gerd Peters und natürlich Freitagsabend im Fernsehen *Zur See.* Ich dachte an Horst Drinda als Kapitän Hans Karsten, Günter Naumann als Chief, Winfried Pucher als Chief Mate, Jürgen Zartmann als Bootsmann und natürlich Bernd Storch als vogtländischen Schiffskoch Detlef Hartwig, an Günter Schubert als Thomas Müller und so weiter.

Plötzlich riss mich Ronnie aus meinen Gedanken mit den Worten:

„Übrigens der Vater von Heiko, der ist damals zur See gefahren, der war in dem Verein."

Ich fragte:

„Was für Verein?"

„Na der Verein, dem die Fichte jetzt gehörte und die sie zum Ver-
schrotten verkauft hat."
Elektrisiert fragte ich:
„Und kommt der am Sonnabend auch?"
Ronnie lachte und sprach:
„Ich nehm mal an, dass der zur Hochzeitsfeier seines einzigen
Sohns kommt."
Der Fototermin mit dem Bratpaar ging zu Ende und wir verab-
schiedeten uns bis zum Sonnabend. Ronnie fuhr mit dem Regional-
zug nach Greifswald, wo er bei einer Freundin schlief. Die Freundin
war zwölf Jahre jünger als er und studierte in Greifswald. Ich setzte
mich auf die Schwalbe und fuhr zurück nach Rostock. Es war
schwül geworden und Gewitterwolken zogen auf. Ich hoffte
Rostock noch trocken zu erreichen. Andererseits wollte ich das alte
Moped auch nicht überfordern.

Der Ladungsbrand
(21. Januar 1977)

Am Freitag, dem einundzwanzigsten Januar neunzehnhundertsiebenundsiebzig,
um zwanzig Uhr lief im Fernsehen der DDR, erstes Programm, die dritte
Folge der Fernsehserie Zur See mit dem Episodentitel:
Der Ladungsbrand.
Wie alle Episoden mit ungerader Nummerirrung spielt die Episode, größten-
teils, auf See.
Winfried Mantey (Jörg Knochee) startet nach Abitur und Wehrdienst zu seiner
ersten Seereise auf der Fichte. Der Chief verbringt seit Jahren bei Manteys El-
tern in Thüringen seinen Urlaub und hat Winfried für die Seefahrt gewonnen.
Der Neue lebt sich prächtig auf dem Schiff ein.
Als der Frachter in einem südamerikanischen Land festmacht und Not am
Mann ist, wird der Anfänger zur Raumwache eingeteilt. Er hat die verantwor-
tungsvolle Aufgabe, das Stauen in einer der Ladeluken zu überwachen.
Der Rat der Kollegen, die einheimischen Hafenarbeiter ordentlich anzutreiben
entspricht nicht dem Menschenbild von Mantey. Irgendwann haben die Stauer

kein Trinkwasser mehr und Winfried holt etwas zu Trinken und verlässt dabei für Augenblicke seine Luke. Als er zurückkehrt findet er Zigarettenkippen im Laderaum.

In der Zwischenzeit besucht ein Frachtmakler den Kapitän und den Chief Mate. Der Makler berichtet, dass einer der größten Exporteure des Landes mit der Reederei ins Geschäft kommen möchte. Darauf lädt der Kapitän den Unternehmer und seine Frau, sowie den Makler mit Gattin zum Abendessen ein.

Ein anderer Neuer, der vogländische Schiffskoch Detlef Hartwig wird losgeschickt erlesene Gewürze für die Gesellschaft zu besorgen. Dies endet in einem Debakel. Nackt und in einem Zementsack bekleidet erreicht er betrunken die Fichte als gerade die Abendgesellschaft zu Ende geht. Der Bootsmann und drei Matrosen, unter ihnen Winfried Mantey, haben heimlich das Kalte Buffet gerettet.

Wieder auf See, während der Äquatortaufe für die Neuen, bricht ein Feuer im Laderaum aus.

Winfried verliert die Nerven und steigt in seine Luke ein. Dadurch kann die automatische Löschanlage nicht gestartet werden.

Die Männer müssen Winfried erst aus dem Laderaum holen.

Mit schwerer Rauchvergiftung wird der neue Mann gerettet.

Der Chief stellt seinen Schützling zur Rede und der berichtet über seine Probleme mit dem sozialistischen Menschenbild, der Solidarität und der christlichen Seefahrt auf der einen Seite und der Realität des Alltags auf der anderen Seite. Der Chief erzählt dies dem Kapitän.

Der Kapitän und die Offiziere sehen ein, dass auch sie, im Umgang mit Menschen, ihre Fehler machen.

Längst hat sich herausgestellt, dass der Kapitän eine Respektsperson ist, eine Autorität. Auch der Chief ist nicht ausschließlich der „schwierige" Mensch.

Beide Personen sind positivere Persönlichkeiten als zu Beginn anzunehmen war. Und die ehemaligen Rivalen, Kapitän und Chief, verstehen sich ausgezeichnet.

Kurz vor Rostock endete meine Fahrt. Die Straße war gesperrt. Das hintere Rad eines Sattelzuges war heiß gelaufen, der Reifen begann zu brennen, die Plane fing Feuer und nun brannte die ganze Ladung.

Zum Glück hatte es der Fahrer noch geschafft die Zugmaschine ab-
zukoppeln.

Zum Glück für die Feuerwehr und zum Pech für mich begann Minuten später das Gewitter mit einem fürchterlichen Wolkenbruch.

In wenigen Augenblicken war mein schicker und geborgter Anzug
vollkommen durchnässt und versaut. Gleiches galt für die Schuhe.

Zu allem Überfluss drang das Wasser auch noch in den Vergaser
und unter den Kerzenstecker. Jetzt konnte ich mit meinem Sonn-
tagsanzug auch noch die Zündkerze ausbauen und säubern und den
Vergaser auseinander nehmen und reinigen.

Den Zündkerzenstecker ersetzte ich durch eine Sicherheitsnadel.
Nicht legal aber pragmatisch.

Als ich über die kleinsten Wege der Umleitung für den brennenden
LKW fuhr, war die Straße wahrscheinlich schon längst wieder frei-
gegeben. Erst vier Stunden nachdem ich die Gorch Fock in
Stralsund verlassen hatte, erreichte ich, abgerissen, durchnässt und
durchgefroren, meine Gartenlaube in Rostock. Anzug und Schuhe
musste ich ersetzten. Zum Glück stammte beides von C&A und
war erschwinglich.

Am Sonnabend fuhr ich mit der Bahn nach Usedom zur Hochzeitsfeier von Heiko und Anja. Ronnie brachte ein Zelt mit und wir
übernachteten auf dem Campingplatz von Zempin.

Das war sehr praktisch, denn die Hochzeitsfeier fand in der Cam-
pingplatzgaststätte mit dem schönen Namen Spelunke statt. Bis zu
unserem Zelt hatten wir einen Fußweg von etwa zwei Minuten.

Aufgeregt, wie ein Jugendweihling, suchte ich eine Gelegenheit mit
dem Vater von Heiko, den ich nicht kannte, ins Gespräch zu kommen.

Wie sich herausstellte, war der Vater vor drei Jahren aus dem Verein
ausgetreten und selbst über den Verkauf und die geplante Ver-
schrottung und den Untergang des Schiffes empört.

Und er war froh mit jemanden darüber reden zu können.

Früher war er mit der Familie Mayer sogar befreundet gewesen.

Aber der Reihe nach.

Nach der Außerdienststellung des Schiffes neunzehnhundertneunundsiebzig gehörte es weiterhin der Reederei und wurde im Hafen von Wismar als Seemannsheim genutzt. Nach der Wende und der Wiedervereinigung wurde das Schiff an die Stadt Wismar verkauft. Die Aufgabenstellung war, dieses traditionsreiche Schiff zu erhalten. Die Stadt ließ das Schiff, als technisches Denkmal unter Denkmalschutz stellen und überholte es für mehrer Millionen D – Mark. Dabei wurde der Frachter komplett umgebaut. In das Zwischendeck wurde eine Jugendherberge eingerichtet und in das Deckshaus, dem ehemaligen Quartier der Passagiere, des Schiffs, ein Garni Hotel. Die Kommandobrücke, der Maschinenraum und alle technischen Bereiche blieben original erhalten.

Anschließend wurde das Schiff für einen symbolischen Preis von einer D – Mark an einen Verein verkauft. Der Vereinszweck bestand darin, dass Schiff zu erhalten. Das nötige Geld dafür, sollte mit den Erlösen der Jugendherberge und des Hotels erwirtschaftet werden. Außerdem wurden noch Bereiche des Schiffes an private Bildungsträger vermietet, Räumlichkeiten für Veranstaltungen standen zur Verfügung und die Kommandobrücke diente als Außenstelle des Standesamtes Wismar für Trauungen.

Alles in Allem ein gutes Konzept.

Und es schien aufzugehen.

Das Hotel und die Jugendherberge waren über Monate hinweg ausgebucht und das bis zum Ende.

Und dann kam die Trendwende.

Über das Folgende kann man nur spekulieren.

Die Kollision
(28. Januar 1977)

Am Freitag, dem achtundzwanzigsten Januar neunzehnhundertsiebenundsiebzig, um zwanzig Uhr lief im Fernsehen der DDR, erstes Programm, die vierte Folge der Fernsehserie Zur See mit dem Episodentitel:
Die Kollision.

Wie alle Episoden mit gerader Nummerierung spielt die Handlung größten Teils an Land. Anders als alle anderen Episoden liegen die Ereignisse ein paar Jahre zurück und werden als eine große Rückblende erzählt.

Die Ereignisse passierten einige Jahre zuvor, als die DDR noch keine diplomatischen Beziehungen zu diesem südamerikanischen Land hatte, in dem diese Episode spielt. Erst zu Beginn der siebziger Jahre wurde die DDR in die Vereinten Nationen aufgenommen und von den meisten Staaten der Welt, völkerrechtlich, als souveräner Staat, anerkannt.

Bei der Einfahrt, in einem schmalen Kanal zum Hafen begegnet die Fichte einem alten Dampfer. Das andere Schiff müsste warten und sich auf der anderen Kanalseite befinden, doch es fährt auf der Fahrspur der Fichte.

Der Lotse an Bord der Fichte verkennt die Gefahr und es kommt zu einer Kollision.

Die Polizei versucht alles, um die Schuld an der Kollision Kapitän Hans Karsten in die Schuhe zu schieben.

Während die Fichte später ausreisen darf, muss der Kapitän monatelang im Land bleiben.

Ihm drohen eine lange Haftstrafe.

Zermürbende Verhöre finden statt.

Während dieser Zeit sucht ein westdeutscher Diplomat die Nähe zu Hans Karsten. Der Diplomat bietet seine Hilfe an, Bedingung: Kapitän Hans Karsten müsste „unter dem Schutz seines Landes stehen" also die DDR verlassen.

Kapitän Karsten lehnt ab.

Erst nach Monaten kann er, gegen Kaution, diesen südamerikanischen Staat verlassen.

An dieser Stelle einiges, was mir der Vater von Heiko über die Familie Mayer erzählt hat.

Gerd Mayer war ein netter Kerl aber seine Frau war herrisch und launisch. Gaby Mayer liebte es Geld auszugeben und den großen Auftritt zu zelebrieren. Was Gaby Mayer nicht möchte, war die Arbeit. Während ihrer Lehre nutzte sie die FDJ Arbeit, um sich geschickt vor der Arbeit zu drücken.

Anfang der siebziger Jahre begann sie, nach der achten Klasse, eine Lehre in einem kleinen Betrieb. Zu dieser Zeit wurden gerade Betriebe mit fünfzehn bis zwanzig Mitarbeitern enteignet. Das machte zwar ökonomisch keinen Sinn und lässt sich auch nicht aus den Lehren von Karl Marx ableiten, war damals aber in Mode gekommen. Die nun ehemaligen Betriebseigner konnten meist, wenn sie wenig Aufhebens machten, als Betriebsstellenleiter, Chef bleiben. Da die Betriebe sich, in der Regel, in den privaten Häusern, der ehemaligen Besitzer befanden, durften so die neuen Betriebsstellenleiter ihre Wohnung oder ihr Haus weiter als Betriebswohnung nutzen. Wenn ein Besitzer Ärger machte, verlor er nicht nur seine Firma, sondern auch noch seine Wohnung und seinen Posten als Chef.

Keiner dieser ehemaligen Besitzer wollte deshalb in dieser Zeit Ärger mit der Partei oder deren Jugendorganisation haben.

Dies nutzte Gaby Mayer geschickt aus.

Die Vierzehnjährige erpresste ihren Chef.

Sie gründete eine Zweimann FDJ Gruppe mit ihrer Freundin und delegierte sich selbst zu großen FDJ Veranstaltungen und verlieh sich Auszeichnungsreisen und Geldprämien.

Und sie kam damit durch.

Später angelte sie sich den etwas schlichten und naiven Sohn des Polizeioberstleutnant und Amtsstellenleiters des Polizeikreisamtes Schwerin, Heinz Mayer.

Schnell kam es zum Bruch mit den Schwiegereltern. Heinz Mayer hatte seine Schwiegertochter durchschaut und ließ sich nicht ausnehmen. Daraufhin brach Gaby Mayer den Kontakt zu ihren Schwiegereltern endgültig ab. Gerd Mayer durfte seine Eltern nie wieder sehen.

Er durfte noch nicht einmal zu ihrer Beerdigung fahren.

Nach der Geburt des Sohnes Gregor war Gaby Mayer sehr lange und ausgiebig in der Elternzeit.

Den größten Teil der Hausarbeit übernahm Gerd Mayer.

Gaby Mayer kümmerte sich mehr um das Rauchen und das Fernsehen.

In den achtziger Jahren ergatterte sie immer wieder Anstellungen in Ämtern, obwohl sie eine ungelernte Kraft und Achte – Klasse – Abgängerin war. Trotz der angenehmen Posten wechselte sie sehr häufig ihre Arbeit. Nach der Wende arbeitete sie als Versicherungsvertreterin, absolvierte mehrere Umschulungen des Arbeitsamtes und blieb die meiste Zeit zuhause.

Eine Anekdote über Gaby Mayer war noch sehr interessant.

Nachdem Gerd Mayer in der Werft gekündigt worden war, Gaby hatte gerade wieder eine Tätigkeit als Versicherungsvertreterin gekündigt, ging sie zu ihrer Bank. Dort legte sie die Verdienstabrechnungen der letzten Monate hin. Gerds Abrechnungen aus der Werft und ihre Abrechnungen, bei denen einige Lebensversicherungsabschlüsse zu Buche schlugen. Die Provisionen für die Lebensversicherungen waren eine Art Vorschuss. Tatsächlich platzten die Verträge und die Provisionen mussten zurück gezahlt werden. Das spielte aber bei den Abrechnungsbelegen keine Rolle. Mit den Verdienstabrechnungsbelegen ließ sie von der Bank die Dispositionskredite auf fünftausend D - Mark erhöhen. Bei ihrem Konto und beim Konto ihres Mannes. Dann räumte sie die Konten leer, zweimal fünftausend D – Mark Dispositionskredit. Mit diesen zehntausend Mark eröffnete sie ein Konto bei einer anderen Bank, die schräg gegenüber lag.

So wurden aus zehtausend D – Mark Dispositionskredit – zehntausend D – Mark Eigenkapital. Mit den zehntausend D – Mark Eigenkapital nahm sie einen zwanzig Tausend D – Mark Eigenheimfinanzierungskredit auf und kaufte bei der Treuhand, für dreißigtausend D – Mark, ein Haus.

Das Haus war in den fünfziger Jahren von der Konsumgenossenschaft im Bungalowstil erbaut, diente bis Anfang der neunziger Jahre als Verkaufstelle und wurde nun, als Wohnhaus verkauft. Mit diesem Trick ergatterte Gaby Mayer ein Haus.

Ihr Mann musste sich nun nur noch eine Arbeit als Schweißer in München suchen und konnte die Kredite abarbeiten.

Zu Gerd Mayer war nicht viel zu sagen. Neunzehnhundertsiebenundsechzig ging er als sechzehnjähriger von Schwerin nach Wismar und begann eine Lehre auf der Mattias Thesen Werft. Dort blieb er, bis er neunzehnhundertzweiundneunzig entlassen wurde. Nach einer kurzen Zeit als Schweißer, in einer Münchner Fabrik, bekam er eine Anstellung in einer Hausmeisterfirma in Wismar. Neben seiner Arbeit als Hausmeister, trug er Morgens die Tageszeitung aus und arbeitete für eine Aufwandsentschädigung an der Rezeption auf der Fichte.

Zum Sohn der Mayers war noch viel weniger zu sagen. Er war durch alle Prüfungen, Führerschein, Gesellenprüfung, Lastkraftwagenführerscheinprüfung bei der Bundeswehr, mindestens einmal durchgefallen. Mit über dreißig wohnte er noch bei seinen Eltern. In jungen Jahren ging er oft auf Technoparties und nahm die ein oder andere Pille ein. Jetzt, mit über dreißig, saß er meistens bei Bier und Zigarette vor dem Fernsehapparat oder ging, ab und zu, ins Bordell. Die meiste Zeit jedoch verbrachte er mit seiner Mutti.

Gerd Mayer der nur ein kleines Taschengeld von seiner Frau bekam, angagierte sich sehr im Verein, dem die Fichte gehörte. Zuhause hörte er nie ein gutes Wort und wurde von seiner Frau sogar geschlagen. Der Sohn stand daneben und sagte nur: - *aber Mutti*. Über das Folgende kann nur spekuliert werden.

Vor etwa drei Jahren hatte Gaby Mayer mal wieder einen genialen Einfall, wie man mit wenig Arbeit zu viel Geld kommen kann. Die Ereignisse müssen in etwa so stattgefunden haben.

Eines Tages vor ungefähr drei Jahren fuhr Gerd Mayer, von der Fichte kommend, mit seinem Auto nach Hause, als ihm ein Auto entgegen kam. Ein vierundachtzigjähriger Rentner fuhr in der Mitte der Straße. Etwa die Hälfte seines Fahrzeuges befand sich auf der Fahrspur von Gerd Mayer. Mayer stoppte seinen, fast zwanzig Jahre alten, Mercedes und stand, als der Rentner ihn rammte. Mehrere Zeugen meldeten sich sofort um zu bestätigen, das Mayers Wagen bei dem Zusammenstoß bereits stand und der Rentner sich auf Mayers Fahrspur befand. Auch der Rentner räumte bei der Unfallaufnahme durch die Polizei ein, dass der Fehler bei ihm lag. Die Versicherung bezahlte den Restwert des Mercedes aus, die Reparatur kostete nicht einmal die Hälfte und der Mercedes läuft noch heute. Das einzige Problem, was Gerd Mayer hatte, war seine Frau.

Sie bekam einen hysterischen Anfall und beschimpfte ihren Mann. Möglicherweise warf sie auch Gegenstände nach ihm, wie bei früheren Anfällen. Die hysterische Frau schrie: Gerd sei ein Versager, ein Taugenichts und ein Trottel. Er solle endlich an die Zukunft seines Sohnes denken und für seine Familie sorgen, andere Männer würden ein Vermögen verdienen und so weiter. Gaby Mayer geriet immer mehr in Rage und steigerte sich in einen Anfall. Gerd Mayer stand reglos da und sah zu Boden. Gregor Mayer sagte einige male: aber Mutti, dass Auto zahlt doch die Versicherung, dann verließ er das elterliche Wohnzimmer, ging in sein Kinderzimmer und schaltete den Fernsehapparat ein.

Die nächsten drei Tage sprach Gaby Mayer mit ihrem Mann kein Wort. Gerd Mayer musste auf einem Campingbett im Keller des Einfamilienhauses schlafen.

Gaby saß im Sessel, rauchte eine Zigarette nach der anderen und überlegte, wie sie ihren Mann strafen konnte.

Dabei kam ihr eine Idee, wie man scheinbar die Finanzen der Familie sanieren konnte und wie sich gleichzeitig einen angenehme Beschäftigung, für sich und ihren Sohn, auftreiben ließe.

Eine Idee, die den meisten normalen Menschen wahrscheinlich vollkommen abwegig vorgekommen wäre aber nicht Gaby Mayer. Die Jugendherberge und das Garni Hotel auf der MS Fichte waren ständig ausgebucht. Die üppigen Einnahmen wurden, gemäß der Vereinssatzung, zum Erhalt der Fichte ausgegeben. Gaby Mayers Idee bestand darin, das denkmalgeschützte Schiff als Schrott zu verkaufen und mit dem Erlös eine kleine Pension oder ein Jugendgästehaus zu eröffnen. Dann könnte der Verein, Gaby und Gregor Mayer in der Pension anstellen, denn durch die niedrigeren Betriebskosten würde mehr Gewinn übrig bleiben.

Auch auf den Einwand, man könnte kein unter Denkmalschutz stehendes Schiff, einfach so abwracken, hatte sie eine Lösung. Man

könnte das Schiff ja in den nächsten zwei – drei Jahren herunterkommen lassen und die Einnahmen und Rücklagen verschleudern.
Auch auf den zweiten Einwand, hatte sie eine Antwort.
Nie würden die anderen Vereinsmitglieder dies zulassen.
Gaby Mayer wusste, dass sie jeden überall herausekeln konnte.
Am nächsten Tag trat Gaby Mayer und ihr Sohn Gregor in den gemeinnützigen Verein ein. Zum erstenmal waren Mutti und Sohn nun gemeinnützig, wie immer sehr gemein und nur wenig nützig.
Es dauerte nicht lange bis Gerd Mayer der Vereinvorsitzende wurde. Einige Zeit später wurde Gregor Mayer der Schriftführer und kurz darauf Gaby Mayer die Kassenwartin. Zu dieser Zeit hatte der Verein schon etliche Mitglieder verloren.
Aber wie war aus der vollkommen abwegigen Idee einer übergeschnappten Frau Realität geworden?
Und wer hatte die Idee, dass Schiff auf seiner letzten Fahrt untergehen zu lassen und die Versicherungssumme zukassieren?
Mit dem Schrott des Schiffes konnte man etwa eine Million Euro verdienen. Mit einem gezielten Untergang, das vierfache.
Auch darüber unterhielt ich mich mit Heikos Vater.
Das Schiff über Jahre gezielt verwahrlosen lassen, die Einnahmen aus dem Hotel und der Jugendherberge verschwenden und das Schiff an ein Schiffabbruchsunternehmen verkaufen und mit dem Erlös eine Pension zu errichten, waren Überlegungen einer Gaby Mayer.
Und es waren Überlegungen, die eine Gaby Mayer umsetzen konnte. So etwas war leicht umzusetzen.
Um ein Schiff zu versenken benötigte man Spezialisten.
Außerdem hatte man viel zu organisieren und zu klären:
eine Scheinfirma gründen, einen internationalen Versicherungsvertrag für eine Schiffsüberführung abzuschließen, zig weitere Formalitäten mit hohem bürokratischem Aufwand erledigen und schließlich das große Schiffeversenken zu realisieren.
Dies war drei Nummern zu groß für Gaby Mayer.
Neben allen nötigen Verbindungen und Fähigkeiten fehlte Gaby Mayer hierfür schlicht auch die Intelligenz.

Wer war in die Sache eingestiegen?

Und wann?

Mit Ronnie konnte ich an diesem Abend nicht darüber sprechen.
Er tanzte viel und trank, erzählte Witze und unterhielt immer wieder unterschiedliche Grüppchen der Hochzeitgesellschaft.

Ronnie Krause wie man ihn kannte.

Er war alles andere als ein Kind von Traurigkeit.

Am späten Abend wollte ich ihm von meinem Gespräch mit Heikos Vater erzählen, doch er sagte nur:

„Morgen Mike, morgen. Ich bin todmüde und außerdem ordentlich angedüdelt."

Am nächsten Morgen wachten wir auf. Erst jetzt bemerkte ich, dass wir kein modernes Igluzelt benutzten, sondern ein altes Steilwandzelt der Marke Pouch. Ich staunte nicht schlecht. Ronnie meinte nur:

„Wer in Zelten nächtigt, die Iglu heißen, muss sich nicht wundern, wenn er nach Fisch riecht."

Er erklärte mir, dass es das alte Zelt seines Vater ist, das der Vater neunzehnhundertvierundsiebzig gekauft hatte und später Ronnie schenkte.

Noch in unseren Schlafsäcken liegend sprachen wir über die Fichte und Ronnie meinte:

„Ich hab mich schon beim Polterabend mit Heikos Vater unterhalten. Die Scheißidee mit dem Verkauf und dem Verschrotten stammt von dieser Mayer. Aber dann ist da jemand auf den Zug aufgesprungen. Jemand der wirklich Ahnung hat. Die Mayer ist doch dümmer als eine Schüssel Kartoffelsalat."

Ich wandte ein:

„Die Mayer kann doch diesen Schrotthändler gekannt haben. Und der kam auf die Idee, dass man mit der Versicherung mehr verdienen kann, als mit Altmetall."

Ronnie kratzte sich nachdenklich am Kinn und sagte:

„Es ist möglich, dass die Mayer einen Schrotthändler kannte und der auf die Spitzenidee gekommen ist. Glaub ich aber nicht."

Ich sah ihn fragend an und Ronnie Krause fuhr fort.

„Ich glaube, dass es den Schrotthändler gar nicht so gibt. Da hat jemand mitbekommen, dass das Schiff verkauft und verschrottet werden soll und hat sich dann eingeklingt.

Was suchen wir? Jemand der perfekt englisch spricht und eine limited company gründen kann, der internationale Verträge abschließen kann, sich mit Schiffsversicherungen auskennt und gute Kontakte hat.

Wie sagt man: Jemand mit Format.

Und ich glaube wir müssen nicht sonst wo suchen, sondern in Wismar."

Ich entgegnete, dass dies einleuchtend klingt und Ronnie fuhr fort.

„Ich habe nächste Woche sowieso in Wismar zu tun."

Neugierig fragte ich, was Ronnie machen wollte. Er lächelte:

„Wird nicht verraten. Wir fahren nach Wismar, ich befrage ein paar Leute, allein, und dann treffen wir uns und sehen weiter."

„Und wann?" fragte ich.

„Ich fahr gleich morgen nach Wismar. Wir können uns ja am Nachmittag oder frühen Abend treffen."

Ich war einverstanden. Denn ich wollte mich noch mit einigen Bekannten auf Usedom treffen. Meine Bekannten lebten auf der polnischen Seite der Insel und waren alte Tauchkollegen.

So fuhr ich nach dem Duschen und dem Frühstück, mit der Regionalbahn an das andere Ende der Insel nach Swinemünde oder wie man auf polnisch sagt: *Swine-usche*. Seit dem zweiten Weltkrieg gehört der östlichste Teil der Insel Usedom zu Polen. Zwischen Usedom und der nur wenige Meter entfernten Insel Wollin liegt die äußerst schmale Zufahrt zum Stettiner Haff. Somit liegt die Kontrolle für die Hafenzufahrt nach Stettin bei Polen.

In Polen angekommen ging ich zuerst in das Cafe Sonatta und aß auf der Terrasse einen großen gemischten Eisbecher und beobachte das sonntägliche Treiben auf der Straße.

Am Nachmittag traf ich mich mit meinen polnischen Tauchfreunden.

Wie auf Bestellung legten sie mir einige Fotos von der Fichte vor. Unterwasseraufnahmen.

Das MS Johann Gottlieb Fichte lag jetzt in der Nähe der Insel Wollin und einige polnische Taucher waren gleich kurz nach dem Untergang heruntergetaucht. Für Ostseeverhältnisse war das Wasser unwahrscheinlich klar und arm an Plankton, die Sichtverhältnisse waren hervorragend und dementsprechend gut waren die Fotos. Allerdings berichteten die polnischen Freunde auch, dass das Seefahrtsamt Danzig, das mit den Ermittlungen zum Schiffsunglück betraut war, ein weiträumiges Überfahrverbot und ein Tauchverbot verhängt hatte.

Am nächsten Tag tauchten wir zu ein paar Schiffswracks aus dem Zweiten Weltkrieg vor der Insel Usedom.

Mein letzter Tauchgang lag fast zwei Jahre zurück und ich war fix und fertig.

Nach einem ausgiebigen Mittagessen trat ich die Heimreise an. Weil ich schon recht spät dran war, konnte ich keinen Zwischenstop mehr in meiner Gartenlaube in Rostock machen. Ich fuhr von Swinemünde bis nach Wismar.

In Züssow, Stralsund und Rostock musste ich umsteigen.

Die Fahrt dauerte über fünf Stunden und führte mich über die drei bedeutenden Hafen - und Werftstandorte der DDR - Stralsund, Rostock und Wismar.

Diese Städte haben nicht nur eine lange Tradition als Hansestädte, sondern spielen eine wichtige Rolle bei der Entstehung der Kaufhäuser.

In Wismar gründete, achtzehnhunderteinundachtzig, Rudolph Karstadt, sein Stammhaus, der später so berühmten Kaufhauskette. Zur gleichen Zeit gründete die Familie Wertheim ihr Kaufhaus in Stralsund und achtzehnhundertvierundachtzig, die erste Filiale in Rostock.

Zu Beginn des zwanzigsten Jahrhunderts verloren die alten Hansestädte an Bedeutung, der Ostseeschiffsverkehr war stark rückläufig und kurz vor dem Zweiten Weltkrieg praktisch bedeutungslos. Eine Hochseeschifffahrt, eine Überseeschifffahrt gab es sowieso nicht von deutschen Ostseehäfen.

Nach dem Zweiten Weltkrieg wurde Deutschland geteilt. Die DDR hatte keinen direkten Zugang zur Nordsee und so wurden die Ostseehäfen plötzlich wieder bedeutungsvoll. Neben Rostock mit seinen zwei Häfen, dem Stadthafen und dem, neunzehnhundertsechzig eingeweihten, Überseehafen, mit seiner Neptunwerft und der Warnowwerft, waren dies eben auch der Stralsunder Hafen mit der Volkswerft und der Wismarer Hafen mit der Mathias Thesen Werft. Auf dem Sockel dieser vier Häfen und der vier Werften wurde die Deutsche Seereederei Rostock DSR und die Hochseeschifffahrt der DDR aufgebaut. Und deren fahrendes Personal wurde in den sechziger und siebziger Jahren auf den Ausbildungsschiffen MS Georg Büchner und MS Johann Gottlieb Fichte ausgebildet.

Die Fichte, die mich an diesem Tag nach Wismar führte, in die Stadt der Mathias Thesen Werft.

Allerdings hieß die Werft längs nicht mehr Mathis Thesen Werft. Thesen war ein Abgeordneter des Deutschen Reichstags aus Duisburg und ein angagierter Widerstandskämpfer gegen das nationalsozialistische Regime. Er verbrachte fast die komplette Zeit des Nationalsozialismus in Zuchthäusern und Konzentrationslagern, meist in Schutzhaft.

Neunzehnhundertvierundvierzig wurde er im Konzentrationslager Sachsenhausen erschossen.

Die neunzehnhundertsechsundvierzig gegründete Werft von Wismar wurde nach ihm benannt, ein Denkmal in Wismar errichtet und in den sechziger Jahren ein Stückgutfrachter des Typs X nach ihm benannt.

Der Frachter wurde in den achtziger Jahren verschrottet, die Werft nach ihrer Übernahme, nach der Deutschen Einheit, umbenannt und das Denkmal in den neunziger Jahren geschliffen.

Ich musste wieder an die Hanns – Martin – Schleyer – Halle denken.

Ruf an Rügen - Radio
(4. Februar 1977)

Am Freitag, dem vierten Februar neunzehnhundertsiebenundsiebzig, um zwan-
zig Uhr lief im Fernsehen der DDR, erstes Programm, die fünfte Folge der
Fernsehserie Zur See mit dem Episodentitel:
Ruf an Rügen - Radio.
Wie alle anderen Episoden mit ungerader Nummerierung spielt die Episode auf
See.
Mitten auf See stellt die Besatzung der Fichte fest, dass beim Löschen der La-
dung ein junger Stier übersehen wurde.
Beim Versuch den Stier einzufangen stürzt Winfried Mantey und verletzt sich,
scheinbar leicht, am Kopf.
Tage später, der Vorfall ist längst vergessen, nehmen bei Winfried Mantey die
Kopfschmerzen zu. Zuerst denkt jeder, es handelt sich um einen Sonnenstich.
Die Erinnerung an den Sturz kehrt erst zurück als sich der Gesundheitszu-
stand rapide verschlechtert. Per Funk wird über Rügen Radio der Medizinische
Dienst in Rostock kontaktiert. Zufällig hat Doktor Inge Karsten, die Ehefrau
von Kapitän Hans Karsten Nachtdienst. Es besteht der Verdacht, dass
Winfried Mantey ein inneres Hämatom im Hirn hat. Diese Schwellung übt auf
das Gehirn Druck aus und es besteht Lebensgefahr. Nun sucht die Fichte, per
Funk, nach Schiffen, in der Umgebung, die einen Arzt an Bord haben. Eine
kubanische Funkstation empfängt diese Funksprüche und sucht nach polni-
schen und sowjetischen Schiffen in der Umgebung der Fichte, die einen Arzt an
Bord haben.
Ein polnischer Frachter wird gefunden. Der polnische Arzt kann die Diagnose
aus Rostock nur bestätigen. Er ist Internist und nicht in der Lage die Notope-
ration durchzuführen. Wieder greift die kubanische Funkstation ein und wendet
sich an die Botschaft der DDR in Havanna. Ein Arzt wird aufgetrieben, der
mit dem Hubschrauber zur Fichte geflogen werden soll. Doch ein Sturm zieht
auf und der Hubschrauberflug ist zu gefährlich.
Der Arzt erklärt dem Hubschrauberpiloten die Situation: Jetzt oder Nie.
Der Pilot geht das Risiko ein und fliegt.
Winfried Mantey kann in einer Notoperation gerettet werden.

Eigentlich sollten nun der polnische und der kubanische Arzt, in die Nähe der kubanischen Küste gebracht werden und einem Boot übergeben werden, das sie an Land bringt. Doch die Reederei hat beschlossen, dass die Fichte direkt Havanna anläuft und Ladung nimmt.

Doch da gibt es ein Problem: Max, der junge Stier, den die Mannschaft ins Herz geschlossen hat, hat keine veterinärmedizinischen Papiere. Er soll nun notgeschlachtet werden. Nachdem sich kein Freiwilliger findet und der Bootsmann vorgeschlagen hat, der Kapitän sollte selbst, mit seiner Dienstpistole, vollstrecken, verpflichtet der Kapitän den Bootsmann.

In buchstäblich letzter Sekunde findet sich ein anderes Schiff, welches Max mit nach Hause nimmt.

Erst gegen Mitternacht erreichte ich den Bahnhof von Wismar.

Ob Ronnie schon etwas herausbekommen hatte?

Ob Ronnies Riecher, der Richtige war?

Ob er auf der richtigen Spur war?

Als ich auf dem Wismarer Bahnhof ankam wählte ich gleich die Mobiltelefonnummer von Ronnie.

Niemand nahm ab.

Alle paar Minuten wählte ich erneut.

Nach etwa zwanzig Minuten wurde abgenommen und am anderen Ende meldete sich, eine mir, vollkommen unbekannte Stimme.

„Kann ich bitte Ronnie sprechen?"

„Wer ist am Apparat?" fragte die Stimme, wie ein alter englischer Butler.

Ich dachte – gute Frage und antwortete:

„Mike"

„Mike? Wie weiter?"

Mechanisch sagte ich:

„Mike Krüger."

Mein Gesprächspartner zögerte. Dies war ich gewohnt, wenn ich - Mike Krüger – sagte.

Der Andere zögerte oder er wartete ab, ob noch etwas kommen möge. Aber von mir kam nichts.

Dann fragte der Andere:

„Sind sie mit Ronnie Krause verwandt?

Langsam begann mich die Situation zu beunruhigen und ich sprach ganz ruhig:

„Ronnie hat keine Verwandten. Seine Eltern sind, vor Jahren, bei einem Autounfall ums Leben gekommen. Ehefrau, Kinder, Geschwister hat er nicht."

Am anderen Ende der Leitung herrschte Stille, dann fuhr die fremde Stimme fort:

„So. Keine Verwandtschaft. Und sie sind ein Freund? Der Beste?"

Jetzt zögerte ich einen Augenblick und dachte nach.

Wer war am anderen Ende der Leitung?

„Nach einem Augenblick sagte ich.

„Ja. Wahrscheinlich der beste Freund."

„Wo sind sie?"

Automatisch antwortete ich:

„Auf dem Hauptbahnhof."

„Hier in Wismar? Können sie ins Krankenhaus kommen?"

Ich bejahte.

Nur Minuten später erreichte ich das Krankenhaus. Es war in dieser Nacht von Montag zu Dienstag sehr ruhig. Der diensthabende Arzt empfing mich und bat mich in ein kleines Behandlungszimmer. Dort bot er mir einen Schemel mit drei Rollen zum hinsetzten an. Er saß in einem recht bequem aussehenden Schreibtischsessel und begann zu sprechen:

„Herr Krüger. Krüger war der Name? Herr Krause wurde vor etwa fünf Stunden auf einem Parkplatz aufgefunden. Ein Rentner war mit seinem Hund Gassi und hat ihn gefunden. Herr Krause hat Abschürfungen an den Knöcheln der Finger, an den Unterarmen und im Gesicht, starke Hämatome am ganzen Oberkörper, seine rechte Mittelhand ist angebrochen und er hat eine schwere Schädelverletzung mit einem inneren Hämatom im Hirnbereich. Die Kollegen haben ihn stabilisiert. Er befindet sich jetzt in einem künstlichen Koma..."

Bei dem Wort Koma, in der mechanisch und fast teilnahmslosen Erzählung des Arztes, zuckte ich zusammen und wiederholte das Wort: Koma. Der Arzt fuhr in seiner ruhigen, - fast einschläfernden Art fort.

„Sie müssen bei Koma nicht so erschrecken. Es handelt sich um ein künstliches Koma. Wir senken die Körpertemperatur und den Stoffwechsel herab. Es handelt sich vielmehr um eine Art Dauernarkose um dem Patienten Schmerzen zu ersparen und ihn weiter zu stabilisieren."

Ich fragte was passiert sei.

Und der Arzt fuhr in seiner einschläfernden Stimme fort.

„Das hätten wir gerne von Ihnen erfahren. Wir gehen davon aus und die Polizei auch, dass sich Herr Krüger geprügelt hat. Die Abschürfungen an den Knöchel sprechen dafür. Oder er wurde angegriffen und hat sich stark gewehrt."

Ich überlegte und entgegnete:

„Ronnie Krause ist sechsunddreißig Jahre alt, einen Meter sechsundachtzig groß und wiegt etwa neunzig Kilogramm. Seit seinem zehnten bis zum achtzehnten Lebensjahr hatte er in Berlin geboxt und war zweimal Spartakiadesieger und nahm an einer DDR Meisterschaft teil. Mit vierzehn begann er eine Segelausbildung bei den Jungen Matrosen der GST, mit sechzehn absolvierte er eine Ausbildung auf dem Segelschulschiff – Wilhelm – Pieck, mit achtzehn die Grundausbildung der Volksmarine. Seit dieser Zeit fährt er als Hand – für – Koje – Segler oder später mit einem Patent Großsegler, Boote und Segelyachten. Ronnie ist topfit und überaus wehrhaft."

Der Arzt entgegnete:

„Mir ist sein austrainierter Körper auch aufgefallen.

Und die ausgeprägten Wangenknochen und die Boxernase.

Er muss wohl von mehreren Tätern überfallen worden sein. Wahrscheinlich kamen Schlagringe und Totschläger zum Einsatz. Aber da bin ich, Gott sei Dank, kein Spezialist.

Ich fragte mit brüchiger Stimme:

„Und wie geht's jetzt weiter?"

Der Mediziner blickte an mir vorbei auf einen Punkt unterhalb der Zimmerdecke an der Wand und sprach:

„Herr Krauses Zustand ist kritisch aber stabil. Im Augenblick befindet er sich nicht in Lebensgefahr. Wie es weitergeht und ob er bleibende Schäden behält lässt sich im Moment nicht sagen. Ich würde gerne ihre Telefonnummer der Polizei geben.

Als ich aus dem Krankenhaus kam war es weit nach Mitternacht und ich hatte keine Chance mehr nach Rostock zu kommen. Zum Glück hatte ich ja noch, von der Hochzeit, den Schlafsack bei mir. Die Nacht war lau und ich suchte mir in einer Grünanlage einen Schlafplatz. Erst als ich, todmüde, in meinem Schlafsack lag und mein Herz rasen hörte, fiel mir ein, dass Ronnie sich ja in Sachen Fichte umhören wollte.

Konnte es damit zusammenhängen?

Oder wurde Ronnie, zufällig, das Opfer eines Überfalls?

Am anderen Morgen wachte ich hinter meinem Gebüsch auf.

In meiner Zeit als Tramper hatte ich so was oft gemacht. Dies war Jahre her. Jetzt war ich fünfunddreißig und Lehrer.

Worin das Problem weniger bestand war die Tatsache, dass ich Lehrer war. Das Problem bestand mehr darin, dass ich fünfunddreißig war. Für diese Art „Hotels" war ich mittlerweile zu alt. Ich ging in ein nah gelegenes Café, wusch mich auf der Toilette, putzte Zähne und frühstückte.

Anschließend schlenderte ich zum Hafen. Zwischen allen Touristen war es schwierig jemanden Einheimischen zu finden.

Ein Mann im mittleren Alter kam mit seinem Rennrad vorbeigeschossen und streifte mich. Ich hatte nur einen Fahrradhelm und eine Sonnenbrille erkannt. Der Helm und die Brille gaben ihm etwas insektenhaftes. Ich musste an Ronnie denken. Ronnie hatte einmal die These aufgestellt, dass beim schnellen Fahrradfahren aller Sauerstoff in die Beine gepumpt wird und kein Sauerstoff ins Hirn gelangt. Dieser Sauerstoff hat unter anderem die Funktion, das Gehirn zu kühlen. So fehlt es dem Hirn an Kühlung, es kommt unter dem Helm zum Hitzestau und das Eiweiß aus dem das Hirn besteht denaturiert. Deshalb sind Radsportler so bekloppt.

Nach einiger Zeit traf ich einen freundlich wirkenden Mann im Orangemann, der die Papierkörbe ausleerte. Ich verwickelte ihn in ein Gespräch und nach Augenblicken waren wir bei der Fichte und den Mayers angelangt. Der Müllmann konnte mir sogar die Adresse der Mayers am Stadtrand sagen.

Ich wusste nicht genau was ich dort wollte, als ich hin fuhr. Nachdem ich mich einige Zeit in der Nähe des Einfamilienhauses herumgedruckt hatte, öffnete sich die Haustür. Ein Mann etwa in meinem Alter ging, von der Haustür, zur Einfahrt. Dort stand ein alter Mercedes und ein neuer Fiat Spider. Es musste Gregor Mayer sein. Mayer hatte ein heftiges Veilchen, eine lilablaue Wange und eine Platzwunde an der Oberlippe. Es lief mir eiskalt über den Rücken. Sicher, dieser Hampelmann hätte niemals allein Ronnie zusammenschlagen können aber in Begleitung schon. Jetzt war klar was zu tun war.

Ich musste zur Polizei gehen. Ronnie hatte an der richtigen Stelle gebohrt. Man würde sich diesen Gregor Mayer vorknüpfen, der Windbeutel würde gestehen und die Sache mit der Fichte würde zur Staatsanwaltschaft gelangen. Ich ging regelrecht euphorisch zur nächsten Polizeidienststelle.

Die Euphorie wurde rasch gedämpft. Ich musste drei Stunden warten, bis ich meine Aussage machen konnte. Nach drei Stunden Wartezeit wurde ich in das Dienstzimmer gebeten. Der Beamte betrachtete meinen Rucksack und meinen Schlafsack misstrauisch. Nachdem wir aufwändig geklärt hatten, dass ich keine Anzeige erstatten will, sondern eine Aussage machen möchte, wurden umständlich meine Personalien aufgenommen. Der Zusammenhang zwischen Ronnies Herumhören über die Fichte, dem Krankenhausaufenthalt von Ronnie und den Blessuren im Gesicht von Mayer wären schnell erklärt gewesen, wenn der Polizist sie verstanden hätte.

Als ich nach fast fünf Stunden das Polizeirevier verließ, fühlte ich mich vollkommen erschöpft. Ich beschloss zu Fuß zum Krankenhaus zu gehen.

Ronnies Zustand war unverändert.

Doch ich hatte das Gefühl, nun klärt sich die ganze Sache auf.

So beschloss ich mit dem Nachmittagszug zurück nach Rostock zu-
fahren und mich in der Gartenlaube richtig auszuschlafen.

Zwei Briefe
(11.Februar 1977)

Am Freitag, dem elften Februar neunzehnhundertsiebenundsiebzig, um zwan-
zig Uhr lief im Fernsehen der DDR, erstes Programm, die sechste Folge der
Fernsehserie Zur See mit dem Episodentitel:
Zwei Briefe.
Wie alle Episoden mit gerader Nummerierung spielt die Episode, größtenteils
an Land.
Der Chief Paul Weyer nimmt mit seiner Frau Barbara an einem Betriebsaus-
flug mit einem Dampfer der Weißen Flotte auf einem Berliner Gewässer teil.
Kurz danach beginnt die nächste Seereise von etwa einem halben Jahr, vom
Sommer bis nach Weihnachten.
Für den Chief ist alles wie immer. Zuhause aber nicht.
Die Kinder werden langsam erwachsen und gehen ihre eigenen Wege. Barbara
Weyer wird zunehmend einsam.
Verzweifelt schreibt sie einen Brief an den Chief und bittet ihn endgültig abzu-
steigen und an Land zu bleiben.
Sollte er dies nicht machen, würde sie die Scheidung einreichen.
Traurig und schlechtgelaunt absolviert der Chief seine letzte Reise und steigt ab.
Es beginnen Wochen des glücklichen Familienlebens.
Ausflüge, Besuche im Museum und im Theater, Einkaufsbummel und so wei-
ter.
Doch nach einiger Zeit möchten die Kinder natürlich ihr eigenes Leben führen.
Barbara muss wieder arbeiten und Paul sitzt allein seinen Urlaub ab und
kümmert sich um den Haushalt.
Langsam wird er zum Tiger im Käfig.
Nachdem er einen neuen Arbeitsplatz hat, entspannt sich die Situation kurz-
zeitig.
Aber Paul Weyer kann sich nicht an Land einleben.

Er ist zunehmend schlecht gelaunt und irgendwann beginnen sogar körperliche
Probleme.
Jetzt steht die Ehe tatsächlich am Rande der Scheidung.
Barbara Weyer weiß sich keinen anderen Ausweg und schreibt einen zweiten
Brief, diesmal an die Reederei.
In diesem Brief bittet sie die Reederei Paul zu bitten wieder aufzusteigen.
Als der Brief von der Reederei kommt lehnt Paul ab.
Nun kommt es zu einem großen Streit.
Am Ende sehen alle ein, dass der Chief nur der Chief ist, wenn er der Chief ist.

Als ich im Zug kurz hinter Wismar saß, piepte mein Telefon. Ich
hatte eine SMS von Kerstin erhalten.
„- Können wir uns treffen? Dringend! Lg Kerstin – "
Ich rief Kerstin an. Sie klang recht aufgeregt und, für sie untypisch,
sehr unsicher. Am Telefon wollte sie nicht mit mir reden, also be-
schloss ich am nächsten Tag ins Vogtland zu fahren. Mit der Bahn.
Ich musste sowieso meine Wohnung ausräumen und meine Sachen,
erst einmal, vorübergehend, zu meinen Eltern nach Dresden bringen. Am Donnerstagmorgen traf ich mich mit Kerstin.
Sie sah verweint und verquollen aus. Förmlich und mit leiser
Stimme bot sie mir einen Platz auf dem Sofa an und begann zu
sprechen:
„Du Mike. Ich bin vollkommen aufgelöst. Ich habe meine Tage
nicht bekommen."
Im nächsten Augenblick begann sie zu weinen.
Ich nahm Kerstin in den Arm. Das erste Gefühl, was ich empfand
war Freude. Freude über das Kind. Ich bemerkte aber auch, dass
ich für Kerstin nicht mehr viel empfand. Kerstin lag hinter mir.
Nach einigen Minuten sagte Kerstin:
„Ich weiß gar nicht, ob ich das Kind will. Ich bin mir auch meiner
Gefühle für dich nicht sicher. Und eine Arbeit hast du hier auch
nicht."
Ich entgegnete:

„Also, ich freu mich auf das Kind und der Rest wird sich schon irgendwie ergeben."
„Genau! Bei dir ergibt sich immer alles irgendwie. Das Beste wäre doch abtreiben zu lassen."
Ich war schockiert und sprach sehr laut:
„Du bist nicht vergewaltigt worden und du bist auch keine dreizehn. Es besteht überhaupt kein Grund ein gesundes Kind abtreiben zu lassen, weil es dir gerade nicht in deinen Plan passt. Dann musst du halt deine Pläne ändern."
Bockig sagte Kerstin:
„Die Entscheidung liegt bei mir ganz allein. Da kannst du gar nichts machen."
Ich wusste, dass sie damit recht hatte und entgegnete nichts. Eins war klar, eine Beziehung oder gar eine Ehe mit Kerstin konnte nicht funktionieren.
Die weitere Unterhaltung verlief ruhig. Wir verbrachten den ganzen Tag miteinander und schließlich auch die Nacht.
Vielleicht konnte es ja doch funktionieren.
Ich war hin und hergerissen.
Genau wie Kerstin.
Ich beschloss am Montag zur Wohnungsbaugesellschaft zugehen und zu versuchen, die Kündigung meiner Wohnung rückgängig zu machen. In der Stadt herrschte kein Wohnungsmangel, sondern im Gegenteil, es gab sehr viel Leerstand.
Auch die Nacht von Sonnabend zum Sonntag verbrachte ich bei Kerstin. Danach ging ich in meine eigene Wohnung.
Gegen Mittag erhielt ich eine zweite SMS von Kerstin:
„Habe meine Tage bekommen! Muss mit dir reden!"
Ich schlenderte zu ihrer Wohnung und hatte ein ungutes Gefühl.
Kerstin erklärte mir kühl und sachlich, dass sie am Vormittag ihre Tage bekommen hatte und darüber sehr froh sei. Da die letzten Tage gezeigt hatten, dass wir nicht zusammenpassten, hatte sie beschlossen, dass wir uns nicht mehr sehen werden.
Ich war abgefertigt worden.

Den Rest des Tages ging ich spazieren, durch die Stadt, den Stadtpark, den Stadtwald, vorbei an der Rollschuhbahn bis in ein ehemaliges Gelände der Roten Armee, einer Panzerübungsstrecke. Hier hatten die Panzer ganze Arbeit geleistet und aus Feld und Wald eine, für hier untypische, Heidelandschaft geschaffen. Jetzt war es ein Naturschutzgebiet und mit Hilfe von Schafen sollte der Heidecharakter erhalten bleiben, denn die Schafe fraßen nicht nur das Gras, sondern auch alle, sich selbst ansäenden Bäume und Sträucher.

Auf der einen Seite war ich sehr traurig, nicht wegen Kerstin, - ich hatte mich auf das Kind gefreut.

Ich hatte mir überlegt, was ich mit dem Kind alles machen könnte. In Gedanken war ich von einem Sohn ausgegangen. Ich malte mir aus, wie ich mit ihm Zelten ging und Kanu fahren, wie ich mit ihm, auf großen Seglern fahren würde und nach Schiffswracks tauchte. Jetzt war alles erledigt.

Auf der anderen Seite war ich auch froh. Jetzt konnte ich unter Kerstin, endgültig, einen Schlussstrich ziehen. Keine Streitigkeiten um Sorgerecht und Besuchszeiten, keine Kindertränen beim Abschied und keine Alimente. Schließlich war meine berufliche Zukunft alles andere als rosig.

Aber das Gefühl der Trauer blieb und wurde noch verstärkt bei dem Gedanken an Ronnie.

Würde er überleben?

Würde er bleibende Schäden behalten?

Würde er jemals wieder der Alte werden?

Am Abend rief ich im Krankenhaus in Wismar an.

Ronnies Zustand war unverändert.

Nach einer sehr unruhigen Nacht, schlief ich erst im Morgengrauen tief ein und erwachte am späten Vormittag.

Nach dem Duschen und dem Frühstück begann ich die Wohnung für den Auszug fertig zu machen. Jedes Papier musste angesehen werden und wenn ich es nicht mehr benötigte, dann musste es vernichtet werden. Bei vielen Umzügen hatte ich mir angewöhnt dabei unsentimental zu sein. Und dennoch war es unglaublich, wie viel sich in nur einem Jahr ansammelte. Nach drei Tagen fing ich an die Möbel zu verschenken oder auf die Mülldeponie zu fahren.

Am Freitagmittag übergab ich die Wohnung, besenrein, der Wohnungsbaugesellschaft.

Der Rest meiner Sachen war in einem Leihtransporter verstaut.

Gegen sechzehn Uhr verließ ich, im dichten Freitagsnachmittagsberufsverkehr, meine Heimatstadt für ein Jahr, in Richtung Dresden.

Meine Eltern hatten während der DDR Zeit zusammen etwa zweitausendvierhundert DDR Mark monatlich Netto verdient. Die Miete für eine fünfundsiebzig Quadratmeter große Dreiraumwohnung betrug fünfundvierzig Mark, - warm. So leisteten sie sich in den späten siebziger Jahren einen Dacia - Renault 10 Lizenzbau und eine Datsche, ein Sommerhaus, mit zwei Zimmern und Küche, massiver Ziegelbau.

Im Winter wurde hier Wasser und Strom abgestellt. Die Toilette lag in einem separatem Bau und war ein Trockenklosett, dass zweimal im Jahr leergepumpt werden musste. Hier konnte ich erst einmal wohnen und meine Sachen abstellen.

Ich war in den letzten Jahren kaum in Dresden gewesen. Meistens reiste ich nur zu Familienfeiern an und blieb wenige Stunden.

Jetzt blieb ich länger.

Ich traf mich mit meinen Eltern oder ging spazieren.

Ich schlenderte durch die Neustadt mit ihrem bunten Treiben und den vielen Lokalen, wanderte entlang der Elbe bis zum Blauen Wunder, das viel kleiner aussah, als ich es in Erinnerung hatte, oder durch die Altstadt mit der Frauenkirche, dem Zwinger, dem Postplatz mit dem Theater, der Semperoper.

Mit fünfunddreißig Jahren war ich noch gar nicht so alt und dennoch kannte ich diese Innenstadt noch voller Kriegsruinen.

Es fühlte sich komisch an.

Und ich drang illegal in einige seit Jahrzehnte leerstehende Wohnhäusern ein.

In einigen Jahren werden einige von ihnen saniert sein und die meisten, wahrscheinlich, abgerissen.

Das war wie Wracktauchen für Nichtschwimmer.

Und ich schrieb Bewerbungen für fast jedes Schulamt von Pinneberg bis ins Allgäu.

Ich brauchte eine Anstellung und ich suchte eine Frau mit der ich Kinder haben konnte. Die Zeit war reif dafür. Rumgetrieben und Abenteuer erlebt hatte ich genug.

Beim Schlendern durch die Neustadt entdeckte ich ein kleines Büchergeschäft und fand von Ake Edvardson den Roman *Jukebox*. Ich kannte den Autor nicht, der wohl sonst Krimis schreibt. In diesem Roman, der kein Krimi war, ging es um den fünfunddreißigjährigen Jonny Bergmann, der ebenfalls am Umbruch seines Lebens stand. Genau das richtige Buch, zur richtigen Zeit, in der richtigen Situation.

Ich dachte kaum noch an die Fichte.

Im Krankenhaus von Wismar rief ich in immer größeren Abständen an, da der Zustand von Ronnie unverändert blieb.

Ich wartete nur darauf, dass mein neues Leben beginnen würde.

Egal ob in Hamburg oder Dresden, Pinneberg oder im Allgäu, in Rostock, Wismar, Stralsund oder im Vogtland, egal ob Ost oder West. Egal.

Anfang August erwachte Ronnie aus dem künstlichen Koma. Leider hatte er eine Amnesie was die letzten Stunden vor dem Überfall betraf.

Lotse an Bord
(18.Februar 1977)

Am Freitag, dem achtzehnten Februar neunzehnhundertsiebenundsiebzig, um zwanzig Uhr lief im Fernsehen der DDR, erstes Programm, die siebente Folge der Fernsehserie Zur See mit dem Episodentitel:

Lotse an Bord.

Wie alle Episoden mit ungerader Nummerierung spielt die Episode, größtenteils auf See.

Winfried Mantey hat seine Zeit als Matrose im Decksbetrieb und seine Zeit auf der Seefahrtsschule absolviert.

Zwei Tage nachdem er sein Patent erhalten hat, beginnt seine erste Reise als Offizier zufällig auf der Fichte. Gleich nach betreten des Schiffes wird er von seinen alten Kollegen zum Bier eingeladen. Die Männer werden beim Biertrinken während der Arbeitszeit vom Chief Mate erwischt. Ein schlechter Start für den neuen Wachoffizier. Darauf hin nimmt ihn der Erste Offizier, der Chief Mate hart, ja zu hart ran. Unter diesem Druck häufen sich die Fehler.

Beim Ablegemanöver bricht die Vorleine, eine Rettungsrolle klappt nicht und so weiter. Es sind alles Fehler für die der neue Offizier eigentlich nichts kann aber er steht in der Kritik des Ersten Offiziers. Irgendwann nehmen sogar der Chief und der Kapitän Mantey in Schutz.

Durch die Pannen verschlechtert sich zudem Winfrieds Verhältnis zu den alten Kollegen, den Matrosen.

In einem südamerikanischen Hafen versucht ein Stauer ein Paket in den Laderaum zu schmuggeln. Es ist ein Versuch dem Schiff und der Reederei Ärger zu machen, denn die Reederei ist mit einem großen Exporteur des Landes ins Geschäft gekommen. Winfried Mantey geht der Sache nach und verfolgt einen Verdächtigen. Durch geschicktes Verhalten in einem Hotel erfährt er, dass etwas mit dem Lotsen arrangiert wurde. Durch kleine Gesten gibt man dem Lotsen zu verstehen, dass man im Bilde ist. Alle rechnen damit, dass etwas bei der Überfahrt eines Wracks passieren soll.

Doch das Wrack wird problemlos passiert.

Kurze Zeit später kappt ein Schlepper die Schleppleine, die sich in der Schiffsschraube der Fichte verfängt.

Ohne Hilfe der Schraube kann die Fichte nicht auf offene See. Zurück in den Hafen kann die Fichte aber auch nicht. Durch die einsetzende Ebbe hat sie zuviel Tiefgang um das Wrack zu passieren. Die Besatzung der Fichte bekommt nur kurze Zeit die Hafeneinfahrt zu räumen.

Andernfalls wird die millionenteuere Bergung eingeleitet.

Wieder ist es Winfried Mantey, der als erfahrener Sporttaucher vorschlägt, die Schleppleine durchzuschneiden.

Er wird vom Matrosen Willi Schmidt unterstützt.

Später helfen noch einige sowjetische Matrosen mit.

Die Fichte kommt frei.

Selbst der Lotse, der diese Schweinerei eingefädelt hat, muss anerkennend nicken und der Offizier Winfried Mantey hat bewiesen, dass er kein Versager ist.

Am nächsten Tag fuhr ich von Dresden nach Wismar und ging zur Polizei, um mich nach dem Stand der Ermittlungen zu erkundigen.

Man gab mir keine Auskunft.

Ich hatte Gregor Mayer nicht angezeigt, sondern nur eine Aussage zu Protokoll gegeben.

Somit war ich nur ein Zeuge und hatte kein Anrecht auf eine Auskunft.

Nach weiteren drei Tagen hatte ich einen jungen Polizisten aufgetrieben, einen ehemaligen Tauchschüler von mir, der mir illegal weiterhalf.

Das Ergebnis war schockierend.

Die Ermittlungen gegen Gregor Mayer waren eingestellt.

Mayer hatte ein Alibi.

Zur Zeit des Überfalls auf Ronnie arbeitete Mayer als Security Mitarbeiter bei einem Empfang des Bürgermeisters.

Die Blessuren in seinem Gesicht erklärte er damit, dass ihn ein Unbekannter auf dem Parkplatz geschlagen hatte.

Nachträglich stellte Mayer Strafanzeige gegen Unbekannt.

Die Nachforschungen nach dem Unbekannten blieben bisher erfolglos.

Auch die Ermittlungen im Fall des *Überfalls zum Nachteil von Krause, Ronnie* hatten noch keine Ermittlungsergebnisse erbracht.

Keine weiteren zwei Tage später erfolgte der nächste Schock.

Die wochenlangen Untersuchungen des Seefahrtsamtes Danzig hatten ergeben, dass das Motorschiff Johann Gottlieb Fichte vor Jahren aus den Schifffahrtsregistern gestrichen worden war. Als festliegendes Hotel und Jugendherberge hatte es eine Anschrift mit Postleitzahl und Hausnummer.

Deshalb war das Schiff, im rechtlichen Sinne, kein Schiff, sondern eine Landeinrichtung.

Weil das Schiff aber gar kein Schiff war, so war sein Untergang auch kein Schiffsuntergang und somit war das Seefahrtsamt Danzig nicht zuständig und stellte seine Untersuchungen ein.

Ein Amt, dass die Untergänge von Landeinrichtungen untersucht gibt es nicht.

Die Geschichte war erledigt.

Ich hatte meine Gartenlaube in Rostock wieder bezogen.

Mein Freund der Fotograf, hatte mir ein neues Fahrzeug überlassen.

Die blaue Schwalbe hatte er mittlerweile an einen Informatiker aus München verkauft, zum sechsfachen des damaligen Neupreises.

Unter Berücksichtigung eines Umtauschkurses von zwei zu eins zwischen DDR – Mark und D – Mark und D – Mark und Euro.

Der Fotograf erklärte mir, dass man ihm in den alten Bundesländern und in Berlin geradezu die Schwalben aus der Hand reiße.

Auch die anderen Vögel von Simson gehen nicht schlecht, der Spatz, der Star, der Sperber und der Habicht. Obwohl im Westen die Schwalbe mit Abstand am besten ginge.

Die IWl Roller, Pitty, Wiesel, Typ Berlin und Troll hingegen gehen im Westen nicht so gut.

Das liegt zum einen daran, dass sie nicht ansatzweise so bekannt sind und dass es Motorräder sind. Die IWL Motorroller haben einhundertfünfundzwanzig Kubikzentimeter beziehungsweise einhundertfünfzig Kubikzentimeter und somit benötigt man einen Motorradführerschein, den TÜV, einen Versicherungsvertrag und eine Kraftfahrzeugbesteuerung, ein Nummernschild und eine Zulassung durch das zuständige Zulassungsamt. Die Schwalbe benötigt nur ein Versicherungsschild, was es bei jeder Versicherung, den Banken und Sparkassen gibt.

Außerdem reicht ein Führerschein für Kleinkrafträder.

Dazu kommt, dass die IWL Roller drei bis viermal so teuer sind, wie eine Schwalbe.

So war meine blaue Schwalbe jetzt in München und ich bekam einen rot – weiß lackierten IWL Motorroller vom Typ Troll.

Da ich ständig zwischen Wismar und Rostock hin und her pendelte war mir der rund zwanzig Kilometer pro Stunde schnellere Troll wesentlich angenehmer. Der Nachteil war, dass sich niemand, in Mecklenburg – Vorpommern, nach einer Schwalbe umdreht.

Der Troll, dagegen, ist ein echter Blickfang.

Ich war also alles andere als unauffällig.

Über das Internet hatte ich Kontakt mit einem der Organisatoren der Protestbewegung gegen den Verkauf und die Verbringung der Fichte ausfindig gemacht und mich mit ihm verabredet. In der Kogge. Nicht in der berühmten Kogge von Rostock, am Stadthafen, in der Wokrenkerstraße, sondern in der nicht so berühmten Kogge von Wismar.

Hier traf ich nun Kai Uwe Walther vom Aktionsbündnis rettet die Fichte – rettet das maritime Erbe von Wismar.

Kai Uwe war etwa zehn Jahre jünger als ich und studierte etwas, was ich sofort wieder vergessen habe, weil es mir vollkommen unbekannt war. Etwas sehr Modernes.

Obwohl ich erst fünfunddreißig bin und ständig mit sehr jungen Menschen zutun habe, merke ich, wie ich in manchen Bereichen den Anschluss verliere. Ich nahm mir vor, darüber mal mit meinem Vater zu sprechen, ob es ihm einst genauso ging.

Ansonsten war Kai Uwe ein unwahrscheinlich netter und sehr fröhlicher junger Mann.

Die Geschichte mit Ronnie Krause ließ ich weg.

Ich erzählte nur, dass ich der Fichte auf ihrer letzten Reise, etwa eine halbe Stunde vor ihrem Untergang begegnet war und dass mich diese Geschichte sehr in ihren Bann geschlagen hatte.

Und ich erzählte, dass ich ein alter Fan der Fichte bin, durch die Fernsehserie *Zur See*.

Nach wenigen Augenblicken unterhielten wir uns über *Zur See* als wäre es die Realität und wir wären dabei gewesen. Kai Uwe hatte im letzten Jahr einen Studententörn auf dem SSS Greif absolviert und ich konnte ihm von meiner Ausbildungsreise auf dem Segelschulschiff – Wilhelm – Pieck erzählen, als dort die Ausbildung noch „ernst" war.

Schnell war das Eis gebrochen.

Während des Essens begannen wir über die Fichte zu sprechen.

Und Kai Uwe Walther erzählte:

„Ich will nicht spekulieren, ich sage nur was ich weiß und was die Fakten sind. Die Fichte wurde mit etwa vier Millionen Mark aus dem Aufbau Ost und als Arbeitsbeschaffungsmaßnahme für arbeitslose Werftarbeiter restauriert.

Unter Denkmalschutz stand sie bereits.

Anschließend wurde das Schiff an den gemeinnützigen Verein für eine symbolische Mark verkauft.

Aus dem Erlös des Hotels und der Jugendherberge sollte der Unterhalt des Schiffes bestritten werden.

Und beides, Hotel und Jugendherberge gingen gut.

Vor einigen Jahren begann die Fichte herunterzukommen.

Auf Deck entstanden Risse in denen hohes Gras und sogar Bäume wuchsen, der Stahl begann zu rosten, die Farbe zu blättern.

Alles Kleinigkeiten, die schnell hätten behoben werden können.

Es behob sie aber niemand.

Die Hotelzimmer und die Kammern der Jugendherberge verdreckten. Wenn jemand eine Woche im Hotel war, dann gab es die ganze Woche keine Zimmerreinigung. Wenn man reservieren wollte, erreichte man tagelang niemanden telefonisch und wenn man jemanden erreichte, dann wurde man ausgesprochen unfreundlich abgespeist.

Dies tat aber der Nachfrage keinen Abbruch.

Sowohl Jugendherberge als auch Garnihotel waren weiterhin Monate im Voraus ausgebucht.

Im Verein jedoch gab es Querelen, die zu einem massiven Mitgliederschwund führten.

Am Ende bestand der Verein fast zur Hälfte aus Familienmitgliedern der Familie Mayer. Eines Tages gegen Ende des letzten Jahres meldete der Verein, dass er nicht mehr in der Lage sei, das Schiff zu unterhalten. Die Jugendherberge und das Hotel wurden geschlossen. Wie wir erfahren haben, wollte wohl die Familie Mayer das Schiff für neunhunderttausend Euro Schrottwert verkaufen und als Verein, von dem Erlös eine Pension oder ein Jugendgästehaus betreiben.

Zwei Probleme existierten jedoch.

Die Stadt als vormaliger Besitzer hatte das Vorkaufsrecht und das Schiff stand auf der Denkmalliste.

Und dann passierte das Unglaubliche.
Der Bürgermeister stimmte den Plänen zu.
Etwa zu dieser Zeit haben wir davon erfahren und den Protest or-
ganisiert. Durch uns erfuhren auch ein französischer Verein von
den Verschrottungsplänen. Schließlich war die Fichte, die ex.
Claude Bernhard, dass letzte Guianaboot. Der letzte erhaltene
Kombiliner aus Kolonialzeit.
Sogar die französische Politik schaltete sich ein."
Jetzt warf ich ein:
„Damit hätte das Schiff doch gerettet werden müssen?"
„Das dachten wir auch."
Sagte Kai Uwe Walther und fuhr fort:
„Wir waren uns der Sache recht sicher, dass das Schiff in Frankreich
erhalten werden würde. Und wir rechneten mit einem monatelan-
gen Tauziehen. Dass die Sache dann so unwahrscheinlich schnell
gehen würde, ahnten wir nicht im Entferntesten.
Im Frühjahr dieses Jahres ging dann der Verein in die Insolvenz.
Das Amtsgericht bestellte einen Insolvenzverwalter.
Als erstes stoppte dieser Anwalt die Zahlungen für den Liegeplatz
im Hafen.
So entstanden Ausstände bei der Hafenverwaltung.
Der Hafen gehört der Stadt, also entstanden die Ausstände bei der
Stadt. Es ist jetzt nicht so, dass die Schiffe im historischen Hafen
Schlange stehen und eine riesige Nachfrage nach dem Liegeplatz
bestand.
Der Liegeplatz ist bis heute verwaist.
Als nächstes stellte der Insolvenzverwalter die Mitglieder des Pleite
gegangenen Vereins für die Bewachung des Schiffs an."
Ich fragte, verblüfft:
„Für die Bewachung?"
„Ja ganz recht für die Bewachung. Ein vollkommen leeres Schiff, im
hellerleuchteten Hafen, mitten in der Stadt war zu bewachen.
Und die Bewachung kam teuer.
Jede Wach – und Schließgesellschaft hätte das Schiff für die Hälfte
bewacht.

Wie wir gehört haben, sollen sich die monatlichen Zahlungen auf siebzehntausend Euro belaufen haben.

Jetzt liefen also Schulden an, in dieser Insolvenzsache. Und der Insolvenzverwalter machte Druck.

Die Franzosen bekamen ein Ultimatum um ein Nutzungskonzept und ein Finanzierungskonzept vorzulegen.

Zwanzig Minuten vor Ende des Ultimatums sendeten sie ein Fax mit dem Nutzungskonzept. Dieses Nutzungskonzept war sehr ähnlich des Nutzungskonzeptes von Wismar.

Es hätte also funktionieren können.

Aber das Finanzierungskonzept stand auf wackligen Füßen. Das ist immer schwierig aber in der Kürze der Zeit war da natürlich nichts zumachen. Und jetzt ging die ganze Sache rasend schnell."

Ich warf ein:

„Und was war mit dem Denkmalschutz. Kann man ein Denkmal einfach so verschrotten?"

Kai Uwe Walther begann schallend laut zu lachen.

Das Denkmalsamt war ja das Größte. Also gleich nach dem Seefahrtsamt in Polen."

Ich sah ihn fragend an.

„Also das Denkmalsamt lehnte den Plan der Franzosen ab. Ohne ein belastbares Finanzierungskonzept seien die Franzosen nicht in der Lage, den Erhalt des Schiffes als Denkmal zu garantieren. Deshalb lehnte letztlich das Denkmalsamt den Verkauf des Schiffes an die Franzosen ab. Weil nun aber, nach dem Ausscheiden der Franzosen, nur noch ein Interessent verblieb, nämlich der Schrotthändler mit Sitz auf den Seychellen, hob das Denkmalsamt den Denkmalstatus auf, um einem Verkauf nicht mehr im Wege zu stehen. Das ist der Hammer was?"

Ich sah ihn an und fragte:

„Ist nicht wahr? Oder? Das Denkmalsamt kippt den einzigen Interessenten für den Erhalt des Schiffes raus, aus Denkmalschutzgründen, und macht den Weg frei für das Verschrotten."

„Genauso ist es gelaufen. Jetzt war der Weg frei für die letzte Reise und der Insolvenzverwalter ließ keine Luft ran. Das Geschäft kam unter Dach und Fach und das Schiff wurde abgeholt."

Ich fragte:

„Und hat der Händler gezahlt?"

„Ja klar. Also der Kaufpreis soll, am Schluss, unter dem früheren Preis von ca. neunhunderttausend Euro gelegen haben. Man hörte die Zahl siebenhunderttausend Euro. Die Stadt hat, und diese Zahl ist verbrieft, neunzig Tausend Euro bekommen. Die Stadt ist ja der Rechtsnachfolger, des insolvent gegangenen und liquidierten Vereins."

Ich fragte:

„Und der Rest?"

Kai Uwe Walther schmunzelte und sagte:

„Welcher Rest?

Neunzigtausend Euro an die Stadt.

Das war der Rest.

Achthundertzehntausend Kosten und Provision des Insolvenzverwalters."

Ich sah ihn einen Augenblick verdutzt an und meinte:

„Das waren aber ordentlich Kosten."

Kai Uwe lächelte immer noch und sprach:

„Nicht war? Also soweit ich weiß, hatte der Verein bei seiner Insolvenz kein Vermögen außer dem Schiff aber auch keine nennenswerten Schulden.

Rechnen wir, dass die Bewachung des Schiffes über drei Monate, - na rechnen wir vier Monate mal siebzehntausend Euro, also achtundsechzigtausend Euro, gekostet hat. Dazu kommen die säumigen Liegegebühren, - sagen wir sechs Monate mal tausend Euro: macht sechstausend Euro. Also macht das gesamt: vierundsiebzigtausend Euro. Wenn wir jetzt großzügig die vierundsiebzigtausend Euro auf einhunderttausend Euro aufrunden und dem Insolvenzverwalter dreißig Prozent vom Netto, also nach Abzug der Kosten, zubilligen, dann würden vierhunderttausend übrigbleiben und nicht neunzigtausend, also das Viereinhalbfache."

Ich nahm einen kräftigen Schluck von meinem Bier und sagte:
„Klingt nach einem ordentlichen Schnitt."
Kai Uwe Walther, der ebenfalls sein Bierglas angesetzt hatte, winkte
im Trinken, ab. Nach dem er das Glas abgesetzt hat fuhr er fort:
„Apropos ordentlicher Schnitt. Durch die Presse ging die Zahl vier
Millionen Versicherungssumme. Ich hab mal gelesen, dass die übli-
che Versicherung für ein Schiff, das doppelte seines Wertes ist. Bei
einem Schrottwert von neunhunderttausend und ohne Ladung und
ohne Mannschaft, wären dies eins Komma acht Millionen Euro.
Dass heißt, das Schiff war mehr als doppelt überversichert. Zieht
man von den vier Millionen die siebenhunderttausend Kaufpreis ab,
plus üppige dreihunderttausend Kosten für Schlepper, Gebühren
etc., dann bliebe ein Gewinn von drei Millionen.
Drei Millionen, dass nenne ich einen ordentlichen Schnitt! Prost."
Wir schwiegen einen Augenblick. Das musste man alles erst einmal
setzten lassen. Kai – Uwe Walther musste noch zu einer anderen
Verabredung und ich wollte Ronnie Krause im Krankenhaus besuchen.
Ronnie hatte die Kopfverletzung ohne bleibende Schäden überstanden. Durch die lange Liegezeit, im künstlichen Koma, war er sehr
geschwächt. Was geblieben war, war eine Amnesie der letzten Stunden vor dem Überfall. Die Ärzte gingen aber davon aus, dass dies
sich auch in einigen Tagen geben würde. Ich wurde nur für ein paar
Minuten zu Ronnie hereingelassen. Ronnie hatte stark abgenommen
und war richtig hager geworden, sein Gesicht hatte eine hellbeige –
gelbe Farbe, unter den Augen lagen tiefe   Augenringe, die Augen
selbst waren gerötet.
Nach dem Besuch brauchte ich erst einmal einen ausgiebigen Spa-
ziergang.
Die Luft war mild und klar. Ich dachte über das Gespräch mit Kai –
Uwe Walther nach.
Und ich dachte an das Gespräch mit Heikos Vater.
Eins schien sicher. Die Familie Mayer hatte Pläne, das Schiff zum
Verschrotten zu verkaufen. Ihre Pläne als Verein ein Jugendgäste-
haus oder eine Pension zu betreiben hatten sich durch die Insolvenz

zerschlagen. Der Verein war liquidiert worden und der Rest des Geldes an die Stadt geflossen. Andererseits hatten die Mayers durch die Bewachung des Schiffes ein ganz schönes Sümmchen bekommen.

Und die Kosten, die der Insolvenzverwalter abgezogen hat, waren auch sehr üppig. Nach der Rechnung von Kai – Uwe Walther hätten, statt der neunzigtausend Euro mindestens vierhunderttausend Euro übrig bleiben müssen. Zieht man von den vierhunderttausend Euro, die tatsächlich übrig gebliebenen neunzigtausend Euro ab, bleibt eine Differenz von dreihundertzehntausend. Einen Teil von Dreihundertzehntausend Euro plus den Betrag, der für die Bewachung des Schiffes gezahlt wurde, also zusätzliche achtundsechzigtausend Euro. Teilt man die Summe durch die Komplizen und zieht noch ein ordentliches Bestechungsgeld ab, dürfte es bei den Immobilienpreisen in Wismar, immer noch für die Pension reichen. Nach der hypothetischen Rechnung von Kai - Uwe Walther hätte der Insolvenzverwalter eine Provision

von etwa zweihunderttausend Euro bekommen und zwar offiziell und legal und vielleicht noch einen Batzen aus den dreihundertzehntausend Euro Differenz zwischen der Summe, die hätte übrig bleiben müssen und der Summe die tatsächlich übrig blieb.

Also zweihunderttausend Plus X.

Auch das war ein schöner Schnitt, für den so mancher seine Großmutter verkaufen würde.

Zwei Fragen blieben.

Erstens: Wenn die Mayer nicht das Format hatte, das Schiffeversenken einzurichten, - wer dann?

Wer war auf den Zug aufgesprungen?

Zweitens: Wer war der Schrotthändler?

Zwei Fragen?

Eine Frage?

Die Genesung von Ronnie Krause ging in Riesenschritten voran. Alle Test, die noch mit ihm durchgeführt wurden blieben negativ, also OB, - ohne Befund. Ronnie hatte tatsächlich keine bleibenden Schäden. Schon zwei Tage später konnte ich ihn länger besuchen.

Der Ronnie Krause der nun im Bett saß, hatte mit dem Ronnie Krause von vor zwei Tagen kaum etwas gemeinsam. Selbst seine Gesichtsfarbe sah nun viel gesünder aus.

„Hallo Ronnie altes Haus. Was machst du denn für Geschichten?"

„Mike'y Mensch, das Wismar ist ja ein heißes Pflaster geworden. Du gehst Abends die Straße entlang und bäng, eins über die Rübe."

„Du musst mit der Polizei sprechen." sagte ich.

„Hab ich doch längst. Aber viel konnt ich nicht sagen. Es war wie in einem schlechten Film. Drei Typen mit schwarzer Hose, schwarzen Sicherheitsschuhen, schwarzen Bomberjacken und schwarzen Skimasken sind aus dem Nichts aufgetaucht. Ich wehre mich noch aber ruck – zuck ist Feierabend."

Ich war überrascht und fragte:

„Du hast also niemand erkannt."

Ronnie winkte ab und sagte:

„Ach. Das ging viel zu schnell."

Jetzt fragte ich:

„Und mit wem hast du über die Fichte gesprochen?"

Ronnie sah mich an und entgegnete:

„Mit niemandem. Hast du geglaubt, dass das mit der Fichte zusammen hängt? So ein Quatsch."

„Aber du wolltest dich doch umhören."

meinte ich mit leicht schriller Stimme.

„Ach Mike. Nach der Hochzeitsfeier war ich noch etwas angeschlagen und müde. Ich bin nach Hause gefahren und hab mich erst mal richtig ausgeschlafen. Also bin ich erst am Nachmittag in Wismar angekommen und dann war es höchste Zeit, dass ich mich um meine Sachen kümmere. Hier liegt eine Segelyacht in der Werft, die ich in der nächsten Woche..."

Ronnie zögerte und sprach weiter:

„Die ich hätte, - eine Woche nach meinem Unfall, nach Griechenland überführt haben sollen. Oder wie sagt man dies jetzt?"

Ich sah ihn an und fragte, noch einmal, du hast mit niemandem darüber gesprochen?"

„Nein mit niemandem."

Ronnie Krause zögerte einen Augenblick und sprach weiter:
„Außer kurz mit Krissi."
„Wer ist Krissi?"
„Krissi? Also Kristin. Eine uralte Freundin von mir. Ich traf sie vor der Werft. Dabei meinte ich, dass die Stadt ja schöne Sauereien mit denkmalgeschützten Schiffen mache.
Und Krissi entgegnete:
„Nicht auch noch du.".
Das war alles. Na ja und dann haben wir kurz über die Sache mit der Fichte gesprochen."
Ich überlegte und fragte:
„Diese Krissi ist aber nicht gerade zufällig bei der Denkmalbehörde? Oder?"
Ronnie lachte und sagte:
„Ach Unsinn. Die Krissi ist so was, wie 'ne Sekretärin bei der Stadt, also im Rathaus."
Nach einem Augenblick fragte mich Ronnie.
„Bist du immer noch an der Gesichte mit der Fichte interessiert? Was kam eigentlich da raus, während ich heia gemacht habe."
Ich erzählte Ronnie alles was ich wusste.
Hinterher stellte er mir Fragen.
„Und die Versicherung hat gezahlt?"
„Soweit ich weiß, - ja."
„Das polnische Seefahrtsamt hat Taucher runter geschickt?"
„Nein, nicht das Seefahrtsamt. Die haben nur ein Tauchverbot und ein weiträumiges Überfahrverbot verhängt. Die Taucher waren von einem Tauchverein."
„Das Seefahrtsamt hat also nur herausgefunden, dass das Schiff kein Schiff war und sie also nicht zuständig sind?"
„Genauso ist es."
„Die haben auch nicht herausgefunden, wer hinter der limited company steht?"
„Nein. Auch das nicht."
„Aber der Insolvenzverwalter muss doch mit der Gesellschaft verhandelt haben."

„Stimmt."
sagte ich.
„Da muss ich noch mal mit Kai – Uwe Walther reden."
Nachdem ich das Krankenhaus verlassen hatte, wählte ich die Telefonnummer von Kai – Uwe Walther. Nach dem vierten klingeln nahm er ab.
„Kai – Uwe."
„Hier ist Mike Krüger."
Ich merkte wie Kai – Uwe bei dem Namen Mike Krüger zögerte, aber das war ich gewohnt. Leider konnte ich nie feststellen, wann die Menschen einfach bei meinem Namen zögerten, weil sie dachten, man wolle sie schlichtweg in den April schicken oder wann sie zögerten und es tatsächlich etwas mit mir als Person zutun hatte. Kai – Uwe schien tatsächlich einen Augenblick lang nicht zu wissen wer ich war. Als dies geklärt war sagte ich:
„Ich hab da noch mal ein paar Fragen zur Fichte. Das Seefahrtsamt hat tatsächlich nicht herausgefunden wer hinter der limited company steckt?"
Kai – Uwe antwortete:
„Das Seefahrtsamt hat herausgefunden, dass die Fichte in keinem Schifffahrtsregister mehr als Schiff geführt wurde und dass sie in Wismar eine Hausnummer und Postleitzahl hatte und somit eine Landeinrichtung war. Kein Schiff, also kein Schiffsuntergang, also keine Zuständigkeit des Seefahrtsamts. Und das Seefahrtsamt hat herausgefunden, dass sich die Besatzung des Schleppers korrekt verhalten hat."
Ich hakte nach:
„Das war alles, was das Seefahrtsamt herausgefunden hat in den Wochen der Untersuchung? Dann wurde das Verfahren eingestellt?"
„Richtig."
Entgegnete Kai – Uwe Walther.
„Aber der Insolvenzverwalter hat doch mit dieser limited company die Verkaufsverhandlung geführt?"

„Das ist richtig. Ob sich das Seefahrtsamt nicht an den Insolvenzverwalter gewendet hat oder ob der keine Auskunft gegeben hat oder was auch immer, weiß ich nicht."
Ich fragte verblüfft:
„Hat den niemand wegen dieser mysteriösen Angelegenheit Strafanzeige gestellt? Zumindest gegen Unbekannt."
Kai – Uwe Walther lachte laut ins Telefon.
„Klar wurden Anzeigen gestellt. Selbst die Umweltschützer haben Anzeige gestellt, weil zu der Zeit der Schiffverbringung Schwalben an Bord genistet und gebrütet haben. Aber nachdem das Seefahrtsamt seine Ermittlungen eingestellt hat, hat auch die Staatanwaltschaft ihre Ermittlungen eingestellt, mit der Begründung, dass man ohne die Ermittlungsergebnisse des Seefahrtsamtes keine Beweise für eine kriminelle Handlungsweise hat. Toll was?"
Ich war wieder einmal, in dieser Sache, sprachlos.
Gedankenversunken schüttelte ich den Kopf und sagte, mehr zu mir selbst, in den Telefonapparat:
„Und es weiß auch niemand, woher der Verein den Schrotthändler kennt?"
Kai – Uwe Walther entgegnete:
„Doch. Dass weiß man."
Ich horchte auf und sagte:
„Verstehe ich nicht."
„Also, als die Mayers im Namen des Vereines beim Bürgermeister vorsprachen, es ging da um das Vorkaufsrecht der Stadt und eventuell auch schon um den Denkmalstatus, hat der Bürgermeister dem Verkauf zugestimmt und den Schrotthändler, also die limited company, vermittelt."
Jetzt war ich richtig sprachlos.
Es war später Abend und ich fuhr mit meinem Roller, zurück nach Rostock in meine Schrebergartenlaube. Nach dem Essen ging ich spazieren und dachte über die ganze Sache nach. Woher kannte der Bürgermeister den Schrotthändler? Er muss ihn ja gekannt haben, sonst hätte er ihn nicht spontan vermitteln können. Ich musste mehr über den Bürgermeister erfahren. Er konnte ja schlecht selbst

der Schrotthändler sein. Dies hätte doch dem Insolvenzverwalter auffallen müssen.

Oder nicht?

In dieser Nacht schlief ich schlecht und oberflächlich. Am nächsten Morgen war ich alles andere als frisch und munter. Nach einem kräftigen Frühstück mit Toast, Butter, Käse, Kaffee und zwei weichgekochten Eiern, in diesen alten Hühncheneierbechern, die in der Gartenlaube, herumstanden, fühlte ich mich besser.

Die Verhandlung
(25.Februar 1977)

Am Freitag, dem fünfundzwanzigsten Februar neunzehnhundertsiebenundsiebzig, um zwanzig Uhr lief im Fernsehen der DDR, erstes Programm, die achte Folge der Fernsehserie Zur See mit dem Episodentitel:

Die Verhandlung.

Wie alle Episoden mit gerader Nummerierung spielt die Episode, größtenteils, an Land.

Die Fichte läuft, nach einer langen Reise, im Überseehafen Rostock ein.

Inge Karsten holt ihren Mann, Kapitän Hans Karsten mit dem Auto von der Pier ab. Obwohl Kapitän Karsten fahren möchte, besteht die Ehefrau darauf selbst zu fahren. Frau Karsten begründet dies damit, dass sie noch etwas abholen muss. In einem der neuen Plattenbauviertel von Rostock angekommen, bittet sie ihren Mann ihr beim Tragen zu helfen.

An der Wohnung angekommen stellt sich heraus, dass dies eine Überraschung ist.

Familie Karsten ist umgezogen.

Nach wenigen Minuten in der neuen Wohnung stehen die Umzugshelfer überraschend vor der Tür.

Kapitän Manfred Langhans und Ehefrau.

Langhans und Karsten sind alte Freunde.

Während des Urlaubs erhält Hans Karsten die Mitteilung, Beisitzer in einer Seeverhandlung zu sein.

Verhandelt wird die Grundberührung des MS Radebeul, seines Freundes Langhans.
Während der Verhandlung tritt mehr und mehr zutage, dass Langhans die Schuld seinem jungen Dritten Offizier in die Schuhe schieben will.
Karsten steht vor der Frage: Freundschaft oder Gerechtigkeit.
Er entscheidet sich für die Gerechtigkeit.
Manfred Langhans bekommt sein Patent A 6 Kapitän auf großer Fahrt für zwei Jahre entzogen. Er muss zwei Jahre als Erster Offizier, - Chief Mate, fahren.
Die Freundschaft zwischen Kapitän Langhans und Kapitän Karsten ist zerbrochen.

Nach dem Frühstück fuhr ich mit dem Roller nach Warnemünde und ging ins Hotel Neptun. Hier arbeitete eine ehemalige Tauchschülerin von mir an der Rezeption. Ich hatte Glück, denn sie hatte Dienst. Ich fragte, ob ich mal das Internet benutzen könnte? Um keinen Ärger zu bekommen, gab sie mir den Schlüssel zu ihrer Wohnung in Lütten Klein.

Ich musste unbedingt einige Dinge im Internet klären.

Das Seefahrtsamt hatte nichts über die limited company herausgefunden.

Aber hatte das Seefahrtsamt überhaupt danach gesucht?

Ich gab den Namen der Gesellschaft in die Suchmaschine und tatsächlich fanden sich einige Einträge.

Die Gesellschaft hatte keinen Internetauftritt und ihr Name fand sich, weltweit, nur im Zusammenhang mit der Fichte. Somit war bewiesen, dass die Gesellschaft nur gegründet wurde, um das Geschäft mit der Fichte abzuschließen. Anschließend gab ich als Suchbegriff *limited company Seychellen* ein. Hier stieß ich schnell auf eine Firma, die mir anbot, eine limited company mit Sitz auf dieser wundervollen Insel im Indik einzurichten. Kosten etwa siebzig Euro. Jeder konnte also mit seinem Computer, vom Sofa aus, für nur siebzig Euro eine limited company auf den Seychellen gründen. Mit meinen fünfunddreißig Jahren war ich wirklich von gestern, denn bis dahin hatte ich gedacht, man müsste dazu auf die Seychellen fliegen.

Die einzige Hürde war, dass diese Internetseite auf englisch war.

Für wenn war es eine Hürde?

Nun las ich mir erst einmal alle Beiträge im Internet durch, die in den Wochen des Verkaufs und des Rettungsversuchs der Fichte veröffentlicht wurden.

Zu meiner großen Überraschung benötigte ich dazu fünf Stunden. Hier stieß ich immer wieder auf den Namen Dr. René Carrée.

Carrée äußerte sich in sämtlichen Foren gegen eine Rettung des historischen Schiffs. Angeblich war er Franzose und als Jugendlicher selbst einmal Passagier auf der Claude Bernard gewesen. Bei Herrn Carrée fiel auf, dass er hervorragende Kenntnisse über Wismar und die lokalen Gegebenheiten hatte. Außerdem war er der einzige Franzose der in deutschen Internetforen und den Kommentarleisten der regionalen Zeitungen auftauchte. Herr Carrée schrieb auch in phantastischem Deutsch.

Nur ab und zu schlich sich ein kleiner Fehler ein. Waren es Tippfehler oder wollte hier jemand absichtlich kleine Rechtschreibfehler platzieren?

Jemand hatte herausgefunden, dass ein Dr. René Carrée tatsächlich existierte. Es gab ein altes Foto aus dem Jahre neunzehnhundertachtundfünfzig auf dem der fünfzehnjährige Carrée mit seinen Eltern auf dem Weg in die südamerikanische Kolonie, auf Deck der Claude Bernhard, also der späteren J. G. Fichte steht.

Nur leider war Herr Dr. René Carrée vor drei Jahren an Krebs verstorben.

Außer dem toten Franzosen äußerten sich die meisten Menschen im Internet für einen Erhalt des traditionsreichen Schiffes.

Erst am späten Nachmittag hatte ich das Material gesichtet.

Hungrig und müde gab ich den Namen des Insolventverwalters Götz Schäfer ein.

Für einen namenhaften Juristen hinterließ Herr Schäfer sehr wenige Spuren im Internet. Je mehr ich suchte, desto sicherer wurde es, dass Götz Schäfer sich Mühe gab, keine Spuren zu hinterlassen.

Schäfer gehörte zu einer großen Rechtanwaltskanzlei und besaß sogar einen Lehrstuhl für Jura.

Sein Spezialgebiet war die Abwicklung von Firmen.

Und – nein -, er stammte nicht aus den alten Bundesländern. Studiert hatte Schäfer in Potsdam Jura und Ökonomie. Vor dem Fall der Mauer arbeitete er direkt nach dem Studium als Frachtmakler für die Deutsche Seereederei Rostock in Vera Cruiz Mexiko.

Da kam auch nicht jeder DDR Bürger hin, dachte ich.

In der Zwischenzeit war die Besitzerin der Wohnung von ihrer Arbeit im Hotel Neptun nach Hause gekommen.

Wir fuhren mit meinem Roller nach Rostock zum Doberaner Platz und gingen einen Falaffel essen. Ich hatte Jannina in Namibia kennen gelernt. Sie verbrachte ihren Urlaub dort, mit ihren Eltern und buchte einen Tauchkurs in der Tauchschule, in der ich unterrichtete. In diesem Kurs waren wir die beiden einzigen Deutschen unter lauter Briten, Niederländern und Südafrikanern.

Anschließend verloren wir uns für sieben Jahre aus den Augen. Bevor ich meinen Job in Plauen antrat, trafen wir uns zufällig auf der Post am Neuen Markt in Rostock und verabredeten uns zu einer Tauchtour. Aus der sechzehnjährigen Anfängerin mit Zahnspange war eine dreiundzwanzigjährige, bildhübsche, erfahrene Taucherin geworden. Wir betauchten eine ganze Reihe von Wracks vor Rügen. Jannina war elf Jahre jünger als ich und für meinen Geschmack zu schön.

Eine Woche später trat ich meinen Dienst in Plauen Vogtland an, lernte Kerstin kennen und Jannina war vergessen.

Hätte ich an diesem Morgen nicht unbedingt einen Internetzugang gebraucht, hätte ich mich wohl nie wieder bei Jannina gemeldet.

Jetzt saßen wir am Doberaner Platz, aßen Falaffel und sahen dem frühabendlichen Treiben zu, dem Kommen und Gehen der dunkelblauen Straßenbahnen und der vielen Leute.

„Mensch Mike. Du bist ja immer noch so ein verrückter Hund. Letzten Sommer warst du auf dem Weg eine Stellung als Mathe – und Physiklehrer an einem Gymnasium in, was weiß ich wo – am Arsch der Welt, anzutreten und jetzt tauchst du in Rostock auf und

musst dringend was im Internet recherchieren. Mal Namibia – mal Weltumseglung mit 'nem Segelschiff - man, man, man."
Ich entgegnete:
„Ach eigentlich alles halb so wild. Das mit der Weltumseglung und Namibia ist ewig her. Ich bin jetzt ein arbeitsloser Lehrer auf der Suche nach einem festen Arbeitsplatz und einen Ort um mich niederzulassen. Das mit der Recherche ist eine ganz andere Geschichte."
Wir schlenderten durch Rostock, die Lange Straße entlang und ich erzählte Jannina, von meiner Begegnung mit der Fichte auf See, kurz vor deren Untergang und von den Ereignissen, die zu dieser letzten Fahrt führten. Jannina hatte noch nie von der Fichte gehört. Für die Fernsehserie *Zur See* war sie zu jung. Irgendwann sagte sie:
„Man müsste runtergehen und die Seeventile überprüfen."
Ich warf ein:
„Es gibt ein weiträumiges Überfahrverbot und ein Tauchverbot."
Doch Jannina zuckte nur mit den Schultern und lächelte.
Ihr Gesicht schien ständig zu lächeln oder zu lachen. Selten hatte ich einen so fröhlichen und unbeschwerten Menschen getroffen.
Es war bereits später Abend, als ich sie nach Hause brachte. Die Heimfahrt in meine Gartenlaube war sehr unangenehm, denn die Nacht hatte sich erheblich abgekühlt. Als ich auf dem alten Sofa in der Schrebergartenlaube lag, war ich munter und aufgedreht. Ich musste an dieses nette Mädchen denken. Als ich endlich einschlief, fiel ich in einen tiefen und traumlosen Schlaf.
Da ich vergessen hatte den Wecker zu stellen erschrak ich, als ich erst gegen zehn Uhr erwachte. Ich war alles andere als frisch und munter, - im Gegenteil, der lange Schlaf hatte mich schlapp und müde gemacht.
Ich hatte beschlossen nach einem ausgiebigen Frühstück erst einmal nach Warnemünde zu fahren und dann schwimmen zu gehen. Anschließend wollte ich unbedingt Jannina, im Hotel Neptun, Hallo sagen und dann weiter nach Wismar fahren und Ronnie besuchen.

Nach dem Schwimmen fühlte ich mich ausgezeichnet und schlenderte zum Neptun. Zufällig hatte Jannina gerade Pause. Ich lud sie zu einem Eisbecher in den nahegelegenen Teepott ein.
Das Schönste war, dass sich auch Jannina freute, mich zu sehen.

Zwei Kapitäne
(4.März 1977)

Am Freitag, dem vierten März neunzehnhundertsiebenundsiebzig, um zwanzig Uhr lief im Fernsehen der DDR, erstes Programm, die neunte und letzte Folge der Fernsehserie Zur See mit dem Episodentitel:
Zwei Kapitäne.
Wie alle Episoden mit ungerader Nummerierung spielt die Episode, größtenteils auf See.
Nach einer sehr langen Seereise und nur zehn Tagen Urlaub bekommt die Fichte den Auftrag, eine Hilfslieferung von Rostock nach Kuba zu bringen und anschließend wieder zurück nach Rostock zu fahren.
Eine sogenannte Blitztour.
Der Besatzung wird versprochen rechtzeitig zu Weihnachten Zuhause zu sein.
Nur wenige Stunden vor dem Auslaufen erleidet der Erste Offizier, der Chief Mate Martin Schulze eine Blinddarmkolik und muss ins Krankenhaus.
In der Eile bleibt der Reederei nur Manfred Langhans als Chief Mate einzusetzen.
Seit der Verhandlung vor knapp zwei Jahren redet Manfred Langhans mit Kapitän Hans Karsten nicht mehr.
Die Stimmung an Bord ist geladen.
Während der Überfahrt stellt sich heraus, dass Langhans ein erstklassiger Offizier ist und mit den Matrosen und Offizieren sehr gut zurechtkommt.
Selbst zwischen den ehemaligen Freunden Langhans und Karsten kommt es zu einer vorsichtigen Annäherung.
Während eines heftigen Sturmes rettet die Fichte Schiffbrüchige.
Als die Bergung kompliziert verläuft, steigt Langhans an einem Netz über das Schanzkleid und rettet die Schiffbrüchigen direkt an der Bordwand.
Nach der Rettung zieht er, ganz nebenbei, dem Matrosen Willi Schmidt einen Zahn.

Langhans ist der Held.
Der Sturm hat große Verwüstungen auf Kuba angerichtet. Deshalb muss die
Fichte auf Reede liegen.
Durch die Zeit auf Reede ist es unmöglich, rechtzeitig zu Weihnachten in
Rostock zu sein.
Um Silvester zuhause zu sein, beschließt Kapitän Karsten die kürzere Nord-
route zu fahren.
Langhans ist dagegen.
Nach Heiligabend erkrankt Kapitän Hans Karsten an einer Tropengrippe mit
einer Nierenentzündung.
Die Ärztin eines Hochseefischereifahrzeugs, der FKR, des Fischkombinats
Rostock, die übergenommen wurde, entzieht Kapitän Karsten, auf Grund der
starken Medikamente, die Führungsberechtigung für die Fichte.
Nun muss der Erste Offizier Langhans die Fichte durch tagelangen dichten
Nebel über die Nordroute führen.
Über dreißig Stunden steht er ununterbrochen auf der Kommandobrücke.
Als die Fichte am Silvestermorgen Rostock erreicht, teilt der Hafen mit, dass
kein Liegeplatz frei ist und das Schiff auf Reede gehen soll.
Damit wäre nicht nur Weihnachten, sondern auch Silvester für die Besatzung
gelaufen.
In einem Wutanfall löst Langhans auch dieses Problem.
Am Silvestertag um acht Uhr morgens kann die Fichte in den Rostocker Über-
seehafen einlaufen und die Besatzungsmitglieder kommen noch rechtzeitig zur
Silvesterfeier nach Hause.
Nach dem Einlaufen erhält Manfred Langhans sein Patent
A 6 Kapitän auf großer Fahrt zurück.
Langhans und Karsten sind wieder Freunde.
Ende.

So war es bereits Nachmittag als ich im Krankenhaus von Wismar
eintraf und Ronnie Krause besuchte. Als ich die Zimmertür öffnete
sah ich, dass Ronnie Krause nicht mehr allein im Krankenzimmer
lag. Der andere Patient hatte seinen Kopfteil des Bettes sehr steil

aufgerichtet und saß mehr im Bett als er lag. Von der Hüfte an aufwärts war er aufgedeckt. Ein sehr enges T – Shirt spannte über seinen Oberkörper. Selbst durch das T – Shirt sah man seinen Waschbrettbauch. Kabeldicke Adern spannten sich über die Muskelmassen seiner Oberarme. Aus dem Ärmel ragte der untere Teil einer großen Tätowierung heraus. Ein Adler. Die Tätowierung auf dem anderen Oberarm konnte man durch das T – Shirt nicht erkennen. Der Kopf war glattrasiert und im linken Ohr leuchtete ein dicker, goldener Ring.

Spontan musste ich an Meister Propper Haushaltreiniger denken.

Ronnie grinste breit als hätte er meine Gedanken erraten und sagte: „Hast du ihn erkannt?"

Ich zog die Augenbrauen und die Schultern hoch.

„Ladies and Gentleman, - Meister Propper Mario Müller."

Ich blickte zu dem Bodybuilder und sagte beiläufig:

„Angenehm Krüger."

Beide sahen mich verdutzt an. Dann sprach Ronnie weiter:

„Das ist Mario, Mario Müller von der Pieck. Du weißt schon der Dümmste von uns."

Jetzt begann Ronnie laut loszulachen.

Unsere Ausbildungsfahrt auf dem Segelschulschiff – Wilhelm – Pieck lag fast zwanzig Jahre zurück und ich musste angestrengt nachdenken, bis ich mich erinnerte.

Mario Müller war ein schmächtiger, schüchterner Junge mit dunklen Locken gewesen, der Berufsoffizier der Volksmarine werden wollte. Das einzige was von dem jungen Mario Müller geblieben war, waren die Augen. Ronnie begann zu erzählen.

„Der Mario betreibt jetzt hier in Wismar eine Muckibude und ein Gartenlokal, so einen Harleyfahrertreff.

Und dass scheint was abzuwerfen. Der hat ein eigenes großes Segelboot mit Kabine und eine Harley – Davidson Fat Boy. Siehst du Krüger. Du hast studiert und kannst dir noch nicht einmal ein gebrauchtes Damenrad leisten und Mario Müller, dumm wie ein Zementsack, hat 'ne fette Harley und 'ne Segelyacht."

Mario Müller sah zu Ronnie herüber und entgegnete:

„Beton doch noch mal meine Dummheit und ich schick dich noch
einmal ein paar Tage schlafen."
Ronnie grinste und sagte:
„Blöd aber schlagfertig."
Wobei er das Wort *aber* betonte und lang dehnte.
Wieder grinste Ronnie Krause.
Ich ließ mich schwerfällig auf einen Stuhl fallen und erzählte was
ich im Internet herausgefunden hatte.
„Nur über Guido Müller den Bürgermeister konnte ich noch nicht
weiter recherchieren."
Da fiel mir Mario Müller ins Wort.
„Unser Guido. Da wirst du im Internet nicht viel finden, außer dem
offiziellen Gedöns."
Ich sah Mario Müller an und fragte:
„Seid ihr miteinander verwandt?"
Mario sagte mit todernster Miene:
„Ja. Er ist mein Vater."
Ich war sprachlos und, was viel bedeutender war, Ronnie Krause
war auch sprachlos.
Müller begann zu grinsen und sagte:
„Seid ihr bekloppt? Das Berliner Telefonbuch enthält dreiundzwan-
zig Seiten Müller. In Wismar sind's nicht ganz so viele. Ich bin doch
nicht mit jedem Müller verwandt. Aber den Guido kenn ich schon
seit neunundachtzig.
Erstens fand ich den Namen Guido so bescheuert und zweitens,
aber das ist eine längere Geschichte."
Ronnie sagte:
„Na erzähl schon Mr. Propper."
Der schöne Guido hatt im Hafen und für die Reederei gearbeitet.
Er war eine zeitlang Reedereivertreter in Havanna de Cuba, er hat
als Reedereivertreter in Vera Cruiz gearbeitet und im Wismarer Hafen als Dispatcher und als Frachtmakler. Und, aus irgendeinem
Grund, war er für das Abwracken der Vorwärts verantwortlich. Ich

stamm ja aus Rostock, ich war seit den Jung Pionieren bei den Jungen Matrosen. Die Vorwärts war mein Wohnzimmer, ich weiß heute noch alles über dieses Schiff.

Das Dampfschiff Vorwärts war Baujahr neunzehnhundertdrei, es wurde unter der Baunummer: zweihundertvierzehn bei der Rostocker Actien – Gesellschaft für Schiff – und Maschinenbau gebaut. Die Länge über alles betrug siebenundsechzig Meter, die Breite: neun Meter und fünfzig Zentimeter und der Tiefgang maximal vier Meter und dreißig Zentimeter. Vermessen war der Dampfer mit neunhundertsiebzehn Bruttoregistertonnen. Zwei von Hand beschickte Kohlekessel trieben die Dreizylinder – Dreifachexpansions – Kolbendampfmaschine an und erzeugten fünfhundertdrei Pferdestärken und eine Spitzengeschwindigkeit von acht Knoten. Neunzehnhundertdrei wurde das Schiff auf den Namen Grete Cords getauft. Von neunzehnhundertdrei bis neunzehnhundertvier fuhr sie für die Reederei Cords & Schmidt, von neunzehnhundertvier bis neunzehnhundertsechsundzwanzig für die Dampfschiffreederei August Cords. Ab neunzehnhundertsechsundzwanzig fuhr sie für die Dampfschiffreederei Erich Ahrens als Johann Ahrens. Ab neunzehnhundertsechsundvierzig fuhr der Dampfer für die Deutsche Schiffahrts und Umschlagzentrale – DSU unter dem Namen DS Vorwärts.

Neunzehnhundertzweiundfünfzig war es das erste Schiff der Deutschen Seereederei Rostock – DSR.

Nach Außerdienststellung war das Schiff das Quartier für die Arbeitsgemeinschaft Junge Matrosen der Pionierorganisation „Ernst Thälmann" für über dreißig Jahre, im Rostocker Stadthafen.

Am Mittwoch dem neunundzwanzigsten März neunzehnhundertneunundachtzig trat das Dampfschiff Vorwärts sein letzte Reise zum Abwracken nach Rostock Marienehe an.

Ein Jahr später wurde der Staat dessen Handelsflotte mit diesem Schiff aufgebaut wurde selbst abgewrackt. Als ob das Abwracken der Vorwärts das Ende der DDR einläutete."

Jeder andere Mensch hätte diese Rede vorbereiten müssen und die Zahlen und Daten ablesen. Dieser, zugegeben etwas unterbelichtet aussehende, Bodybuilder, hielt sie aus dem Stand.

Ronnie und ich waren beeindruckt und sprachlos.

Nach Augenblicken fragte Ronnie:

„Und dieser Guido Müller hat das eingerührt?"

„Ja klar, den dämlichen Namen vergisst man erst wieder mit Alzheimer. Das war damals zwar eine Sauerei aber alles ganz legal."

Ich fragte:

„Kann es sein, dass Guido Müller damals in die eigene Tasche gewirtschaftet hat?"

Ronnie schüttelte gedankenversunken den Kopf und Mario antwortete:

„Ausgeschlossen."

Dann sagte Ronnie, immer noch gedankenversunken:

„Aber er kennt sich mit der Materie aus. Er kann Schiffe kaufen und verkaufen und abwracken."

Wie im Fluge verging die Zeit und eine Krankenschwester brachte das Abendessen herein sowie eine Reihe von Infusionsflaschen mit Antibiotika, für Mario, denn er hatte eine schwere Entzündung am Bein.

Ich fuhr bei strömenden Regen mit dem Roller in die Schrebergartenlaube nach Rostock. Bei diesem Wetter war die Kleingartenkolonie vollkommen menschenleer. Zeitig legte ich mich auf das Sofa schlafen.

Am nächsten Tag hatte Jannina frei und wir waren zum Baden verabredet. Der Himmel war grau und es sah nach Regen aus.

Ich hoffte, dass Jannina den Termin nicht absagen würde und ich hoffte, dass es nicht jeden Augenblick zu schütten anfing.

Ich hatte Glück.

Jannina sah in ihrem dunkelblauen Bikini, mit ihren brünneten, glatten, halblangen Haaren umwerfend aus.

Sie erinnerte mich an die junge Sharleen Spiteri von der Band Texas. Im Jahr neunzehnhundertneunundachtzig hatte ich auf

DT64 das Debütalbum von Texas, Southside, auf meinem Kassettenrekorder mitgeschnitten. Den Rest des Jahres lief diese Kassette rauf und runter und wurde zum Soundtrack des letzten Sommers der DDR.

Doch das erzählte ich Jannina nicht.

Ich wollte ja nicht wie ein fünfunddreißigjähriger Opa klingen.

Wir schnorchelten vom Strand aus. Das Wasser war relativ warm aber der Wind am Strand eiskalt. Es fehlte die wärmende Sonne.

Fröstelnd kam Jannina nach mir aus dem Wasser. Ich hielt ihr das Badetuch hin und plötzlich und unbeabsichtigt nahm ich sie in den Arm und küsste sie. Ich war von meinem Handeln mehr überrascht als Jannina.

Sie erwiderte den Kuss.

Während wir uns umzogen sagte sie:

„Mike. Was ist jetzt mit der Fichte? Wann gehen wir runter?"

Ich war überrascht. In dem Augenblick in dem ich sagen wollte, dass wir gar kein Boot haben, musste ich spontan an das Segelboot von Mario Müller denken. Alle möglichen Bedenken wegen des Überfahrverbots der Untergangsstelle und wegen des Tauchverbots kamen mir in Gegenwart von Jannina überhaupt nicht.

Ich sagte zu Jannina:

„Wenn die Haare trocken sind fahren wir nach Wismar ins Krankenhaus und regeln das."

Die Patienten Ronnie Krause und Mario Müller waren sehr überrascht. Zum Einen, wegen meiner hübschen und charmanten Begleiterin. Zum zweiten wegen meinem Vorschlag zur Fichte zu tauchen.

Ronnie, der kein Taucher war, war sofort Feuer und Flamme.

Mario hingegen zögerte.

Wenn es mein Segelboot gewesen wäre hätte ich auch gezögert.

Wenn ich, wie Mario Müller, verheiratet gewesen wäre und zwei kleine Töchter gehabt hätte, dann hätte ich nicht gezögert, sondern einfach gesagt: „*Ronnie Krause und Mike Krüger, - ihr habt einen Dachschaden. Macht eueren Blödsinn ohne mich.*"

Im Prinzip sagte dies auch Mario anfänglich, doch dann begann Ronnie. Ronnie hätte einen überzeugten Vegetarier zur unbezahlten Arbeit in einer Fleischerei überreden können.

Es hatte Dutzend Male bei mir funktioniert, - zuletzt bei der Überführung des Segelschiffs von Schweden nach Stralsund.

Und es funktionierte bei Mario Müller.

Und es funktionierte, später, bei Joana, der Ehefrau von Mario.

Unter See

Im Spätsommer überschlugen sich die Ereignisse.

Mario Müller wurde aus dem Krankenhaus entlassen. Jetzt hatte er nur noch drei Wochen Zeit das größte Harleytreffen Mecklenburg Vorpommerns zu organisieren.

Nur einen Tag nach Mario ließ sich Ronnie Krause, auf eigene Verantwortung, aus dem Krankenhaus entlassen. Er hatte ein tolles Angebot von den Bahamas. Zweiter Steuermann, also Zweiter Nautischer Offizier auf einer achtzig Meter Barkentine. Kreuzfahrten für amerikanische Touristen bei guter Bezahlung und inklusive der schneeweißen Marineoffiziersuniform.

„Ab einem gewissen Alter reicht der Matrosenanzug nicht mehr."

Sagte Ronnie grinsend.

Und auch bei mir hatten sich die Ereignisse überschlagen. Kurzfristig bekam ich einen, auf ein Jahr befristeten, Arbeitsvertrag an einem Magdeburger Gymnasium als Schwangerschaftsvertretung.

Der Brief traf zehn Tage vor Beginn des neuen Schuljahres bei meinen Eltern ein, zu denen ich einen Postumleiteantrag gestellt hatte.

Die Elbe hatte mich wieder.

Ich war in Dresden geboren und aufgewachsen und spielte oft als Kind am Ufer der Elbe. Nach meinen wilden Wanderjahren hatte ich in Hamburg studiert und war sehr oft am Elbufer spazieren gegangen.

Jetzt Magdeburg. Wohnung mit Elbblick.

Eine eigene Wohnung zu mieten ersparte ich mir, in der kürze der Zeit, meines überstürzten Umzuges und für die wenigen Monate, die ich in Magdeburg bleiben würde. Zum erstenmal in meinem Leben zog ich, nun mit fünfunddreißig Jahren, in eine Wohngemeinschaft, allerdings mit Elbblick.

Von meinem ersten Gehalt kaufte ich mir, für ein paar Hunderter ein gebrauchtes Auto. Ich wollte ja sooft wie möglich nach Rostock zu Jannina. Jetzt wurde ich fester Kunde in einer Mitfahrzentrale. Auf jeder meiner Fahrten zwischen Magdeburg und Rostock nahm ich mindestens zwei Fahrgäste mit. Der Nachteil war, dass ich keine Tramper mitnehmen konnte aber dafür finanzierten sich meine Fahrten selbst.

Als Lehrer hatte ich sehr geregelte Arbeitszeiten und freie Wochenenden. Bei Jannina im Hotel war dies genau andersherum. Aber wir schafften es, uns so häufig wie möglich zu sehen. Im Fluge verging der Herbst und die Weihnachtszeit, dann war wieder Januar und das erste Halbjahr meines Schuljahres in Magdeburg war fast um.

An einem Freitag im Frühjahr fuhr ich wieder nach Rostock. Um vierzehn Uhr war die Schule beendet, um fünfzehn Uhr dreißig verließ ich die WG und um sechzehn Uhr fuhr ich mit drei Personen, der Mitfahrzentrale, nach Rostock.

Um einundzwanzig Uhr betrat ich das Foyer des Hotel Neptun in Warnemünde um Jannina von der Arbeit abzuholen.

An der Rezeption stand Ronnie Krause. Sein blondes Haar war fast weißblond geworden, er war dunkelbraun gebrannt und seine Augen leuchteten fast unnatürlich blau aus seinem dunklen Gesicht.

Niemand hätte gedacht, dass dieser Mann noch vor einigen Monaten im künstlichen Koma lag und mit dem Tod kämpfte.

Mit breitem Grinsen zeigte er seine großen, schneeweißen Zähne und sprach:

„So Alter jetzt versau ich dir deinen romantischen Abend. Ich lad euch Turteltäubchen lecker zum Essen ein."

Eine Antwort wartete Ronnie natürlich nicht ab.

An meinem Auto angekommen, nahm er mir die Schlüssel aus der Hand und sagte:

„Ich bin fast ein Jahr nicht mehr Auto gefahren. Ich darf doch."

Auch hier wartete Ronnie die Antwort nicht ab.

Zu meiner Überraschung fuhr Ronnie nicht in Richtung Rostocker Innenstadt, sondern in die Gegenrichtung nach Wismar.

Als Ronnie den Wagen parkte, war es längst dunkel.

Hier schien weit und breit nichts zu sein.

Neben der kleinen Rasenfläche, auf der zwei weitere Autos standen verlief eine lange Front von Gartenzäunen.

Ronnie öffnete eine Tür zwischen den Gartenzäunen und wir betraten eine Schrebergartensparte. Ich fragte, erstaunt,:

„Wohin führst du uns denn jetzt?"

Ronnie überhörte meine Frage oder besser gesagt, - er ging einfach nicht darauf ein.

Am Ende eines schmalen Weges, der von kleinen Schrebergärten gesäumt war, lag eine große Wiese und dahinter stand ein schmaler alter Holzflachbau. Das Gartenspartenvereinsheim. Licht fiel aus dem Gebäude auf eine Veranda die mit einer Pergola überdacht war.

Auf der Veranda standen große Holzfässer, wahrscheinlich ausgediente Weinfässer, darüber hingen eine Reihe von Petroleumlaternen. Die Veranda, mit ihren Holzfässern und Petroleumlaternen, erinnerte stark an den Wilden Westen. Ronnie öffnete eine fensterlose Holztür und sagte:

„Hereinspaziert meine Damen und Herren."

Im Inneren standen einige große Stahltonnen mit der Aufschrift Esso, an den Wänden hingen riesige Fotografien von Harley – Davidsons und unzählige Blechschilder mit alter Bierreklame, Coca – Cola Werbung und US - amerikanische Nummernschilder und aus den Boxen der Anlage lief gerade *Gimme all your lovin* von ZZ Top.

Da hinter der Anlage ein großes Poster mit den drei bärtigen Texanern von ZZ Top hing, konnte man annehmen, dass hier nichts anderes als ZZ Top lief. Über dem Tresen hing eine riesige Südstaatenfahne und darunter stand der Wirt – Mario Müller. Er trug, wie immer, ein T – Shirt, dass sich viel zu eng über seinem Bodybuilderkörper spannte und seine Glatze glänzte wie frisch poliert. Ansonsten waren noch etwa ein Dutzend Leute in der kleinen Schankstube. Fast ausschließlich Männer. Fast alle männlichen Gäste, außer Ronnie und mir, waren Bodybuilder, hatten kahlrasierte und polierte Schädel und trugen Motorradkleidung.

Bei den Hells Angels oder den Banditos sind manche klein, andere fett und viele haben lange Haare und Bärte, manche tragen sogar eine Udo – Linderberg - Frisur aber diese Jungs hier sahen wirklich gefährlich aus.

Mario begrüßte uns und wir gingen in die Küche.

Hier lernten wir Kalle und Matze kennen. Kalle, der eigentlich Karl – Heinz Müller hieß, war der Vater von Mario und Matze.

Und er war der Koch der Kneipe.

Ein hervorragender Koch.

Karl – Heinz Müller war viele Jahre als Smutje zur See gefahren. Zuerst fuhr er für das VEB Fischkombinat Rostock - FKR auf dem Fang – und Verarbeitungsschiff Willi Bredel im Atlantik. Sehr viele Häfen bekam er so nicht zusehen und so wechselte er zur Deutschen Seereederei Rostock - DSR und fuhr auf der Condor, war der Koch auf der letzten Reise des Typ IV Frachters Dresden und anschließend auf dem Motorschiff Johann – Gottlieb – Fichte. Nach dreißig Jahren auf See, stieg er, neunzehnhundertneunzig, ab, zog von Rostock nach Wismar und übernahm ein Gartenlokal, dass er vor ein paar Jahren seinem Sohn Mario überließ.

Dieser gut drei Zentner schwere Mann mit der Glatze und dem Seehundschnauzer, der der Koch der Fichte war, erinnerte so wenig an den Smutje Detlef Hartwig aus der Fernsehserie Zur See. Die fleischigen Unterarme und Hände waren mit zahlreichen Narben von Verbrühungen, Verbrennungen und Schnitten übersät.

Kalle Müller bereitete uns ein tolles Menü, was wir in einem Nebenraum einnahmen. Dieser Nebenraum hatte sogar eine kleine Bühne. Hier fanden früher, während der Gartenfeste, Tanzveranstaltungen statt.

Matthias Müller, genannt Matze war der große Bruder von Mario. Er war fast zehn Jahre älter. Als junger Mann war er Offizier der Volksmarine und Kampftaucher. Heute betrieb er einen Motorrad – und Trikeverleih und eine Tauchschule.

An einem schlichten, schönen, alten Holztisch mit einer weißen, gestärkten Tischdecke aßen wir und besprachen unseren Tauchgang zur Fichte.

Kalle servierte eine selbstgemachte Tomatensuppe als Vorspeise, einen Hirschgulasch mit Klößen und Rotkraut als Hauptgang und einen selbstgemachten Vanillepudding mit Himbeeren zum Nachtisch. Das Menü war fast etwas zu üppig und deftig für ein spätes Abendessen aber es war sehr lecker. Mario schaute ab und zu bei uns vorbei, denn er musste ja die anderen Gäste in der Gaststube bedienen.

Am Tisch saßen außer Ronnie, Jannina und mir noch Matze, der noch vor der Suppe zu sprechen begann:

„Also ich bin der Matthias, kurz Matze genannt und Marios Bruder. Unter anderem betreibe ich eine Tauchschule. Ich kann die komplette Tauchausrüstung bereitstellen und transportieren. Ohne euch reinreden zu wollen, würde ich vorschlagen, dass der Ronnie, den ich in der vergangenen Woche ja schon kennengelernt habe und mein Bruder das Boot machen und wir gehen in zwei Zweimannteams runter."

Bevor ich etwas sagen konnte, hob Matze die Hand und sprach weiter. Diesmal richte er seinen Blick direkt auf mich.:

„Ich würde gern mit der jungen Dame das Wrack von außen inspizieren und du, Mike, geht's mit meinem Kumpel Störtebeker ins Innere, die Seeventile überprüfen. Störtebeker hat auf der Fichte Matrose gelernt und nach der Fahne gehörte er die beiden letzten Jahre der Fichte zur Stammbesatzung. Störtebeker hat mehrere Schiffsmodelle, auch mit Querschnitt und Innensicht von der Fichte gebaut. Außerdem besitzt er sechshundert Fotos von dem Schiff. Ein erfahrener Wracktaucher ist er sowieso. Störtebeker findet die Seeventile mit verbundenen Augen. Ich kenn das Schiff nur aus dem Fernsehen.

Wir wollen sowieso runter aber zu sechst sind wir das perfekte Team.

Wie sieht's aus?"

Wie sah es aus?

Mario Müller hatte das Boot, sein Bruder die Tauchausrüstung und den Fichteexperten und ich hatte nichts.

Gegen Mitternacht hatten wir aufgegessen und der Trip stand.

Mario hatte das Boot, sein Vater lieh uns seinen Landrover Defender für die Fahrt nach Polen, Matze stellte die Tauchausrüstung und einen zweiten Defender, Mario und Ronnie würden das Boot fahren und Jannina und Matze bildeten das Außenteam und ein gewisser Störtebeker und ich das Team, das ins Wrack gehen sollte.

Außerdem würde Kalle an jenem Wochenende Mario in der Kneipe vertreten. Jannina hatte im Hotel frei und ich müsste gleich nach der Schule nach Wismar zur Kneipe kommen.

Am Dienstag, dem elften September neunzehnhundertdreiundsiebzig, um fünf Uhr Mitteleuropäischer Zeit klingelte der Wecker von Erich Schneider. Erich Schneider war allein. Morgens um fünf war Erich immer allein, denn seine Frau Helga und sein Sohn Klaus schliefen noch. Jetzt war er aber tatsächlich allein in der Wohnung in der Erich – Weinert – Straße in Berlin Prenzlauer Berg. Helga Schneider war seit dem ersten September zu einer Kur in Bad Elster im Vogtland und Klaus Schneider war am ersten August aus Rostock ausgelaufen und auf See. Der siebzehnjährige Klaus war Lehrling auf dem Fracht – und Ausbildungsschiff MS Fichte der Deutschen Seereederei Rostock. Vor zwei Jahren war Familie Schneider in Rostock in Urlaub gewesen. Dort besuchten sie das neue Schiffbaumuseum auf dem Traditionsschiff Typ Frieden,

dem ehemaligen Motorschiff Dresden. Ab diesem Tag wollte der, damals fünf-
zehnjährige Klaus nur noch eins: zur Handelsflotte.
Erich Schneider ging in die Küche ans Waschbecken, wusch sich gründlich, ra-
sierte sich und putzte die Zähne. Währenddessen kochte im Wasserkessel auf
dem Gasherd das Kaffeewasser. Anschließend schmierte Schneider seine zwei
doppelten Salamistullen für die Arbeit und machte sechs Scheiben Toastbrot
fürs Frühstück. Einen Teil des frisch gebrühten Bohnenkaffees füllte er in eine
Thermosflasche und den Rest in den großen *Kaffe - Pott. Nach dem Früh-*
stück ging Erich Schneider zu seinem Auto, einem grauen IFA F 9, Baujahr
1955, der in der Familie Schneider den Namen Egon hatte. Alle Fahrzeuge
hatten bei Schneider Vornamen. Sein Dienstwagen hieß Gustav und war ein
grauer Garant 30k Baujahr 1958. Ein LKW. Schneider arbeitete in einer
kleinen Firma, die HO – und Konsumverkaufstellen und Gaststätten mit al-
koholfreien Getränken, Kola und Sprudel belieferte. Die Firma war so klein,
dass sie immer noch privat war und nicht verstaatlicht. Neben dem Ehepaar
Kästner, dem die Firma gehörte arbeitete nur noch Jochen Ulrich, der Beifahrer
von Erich Schneider dort. Jochen Ulrich war Beifahrer, dass heißt, er besaß kei-
nen Führerschein und seine Arbeit bestand aus auf – und abladen.
Schneider war mit seinem Leben zufrieden.
Jahrgang dreiunddreißig hatte der Vierzigjährige noch bewusst den Krieg, die
Bombennächte in Berlin und die harte Nachkriegszeit erlebt. Achtundvierzig,
nach der Volksschule hatte er in Bernau Schlosser gelernt und fünfundfünfzig
geheiratet. Ein Jahr später wurde er Vater und Kraftfahrer bei seinem Cousin
Kästner. Es folgten gute Jahre, mit der MZ ES mit Beiwagen und Zelt zum
Zelten an die Ostsee, Picknick in Treptow, wandern in Rahnsdorf. Später der
F 9. Viele träumten von modernen Autos und Neubauwohnungen aber Erich
Schneider liebte seinen Egon und die Altbauwohnung im Prenzlauer Berg.
Wegen der Atmosphäre.
Helga arbeitete in einem guten Frisörsalon.
Privat nicht PGH, Produktionsgenossenschaft Handwerk.
Und Klaus hatte seine Wunschlehrstelle bekommen.
Erich vermisste sein einziges Kind schon sehr.
Auf dem Weg zur Arbeit holte Erich Schneider immer seinen Beifahrer Jochen
Ulrich von zu Hause ab. Jochen Ulrich stammte aus Königsberg in Ostpreußen.
Auf der Flucht hatte er seine ganze Familie verloren. Dies hatte er bis heute

nicht verkraftet. Ulrich wohnte möbeliert zur Untermiete bei zwei alten Wit-
wen. Er war ledig und kinderlos. Der ehemalige Flüchtling trug alle Dinge von
Bedeutung, Dokumente, die letzten Fotos und Briefe seiner Familie, seinen
Lohn und so weiter in einer Aktentasche mit sich. Außerdem beherbergte die
Aktentasche noch eine Notfallapotheke, ein Transistorradio, Taschenlampe
und einen gehörigen Batterienvorrat. Weil Jochen Ulrich etwas skurril war und
außerdem stotterte, hielten manche Menschen den intelligenten Mann für etwas
unterbelichtet.

Eine weitere Marotte bestand darin, dass Ulrich sämtliche Artikel in der Zei-
tung las und sooft er konnte im Radio die Nachrichten hörte und zwar von bei-
den Seiten der Mauer. Berliner Rundfunk und RIAS Berlin – Rundfunk Im
Amerikanischen Sektor.

Auf Arbeit ging dies allerdings nicht. Da war zum Radio hören keine Zeit und
der LKW hatte auch gar kein Radio.

Erich Schneiders Schicht begann um sieben Uhr und endete offiziell um sieb-
zehn Uhr. Aber gerade im Sommer kam immer noch eine extra Tour dazu.
Feierabend war dann erst gegen achtzehn Uhr – achtzehn Uhr dreißig. Nach
der Schicht musste noch das Leergut abgeladen werden. Von Montag bis Don-
nerstag wurde im Anschluss für den nächsten Tag geladen, so dass man gleich
am Morgen losfahren konnte.

Außerdem musste sich Schneider noch um Gustav kümmern. Der Kraftfahrer
und Schlosser war für den Lastkraftwagen verantwortlich. Das war eine Frage
der Ehre.

Auch das war eine Frage der Ehre, dass der Kraftfahrer keine öffentlichen
Verkehrsmittel benutzte, nicht mit dem Fahrrad fuhr und nicht zu Fuß zur
Arbeit ging, obwohl es ja nur ein paar Querstraßen waren.

Nein Schneider fuhr mit dem F 9.

Dieser Dienstag war besonders anstrengend, denn Erich und Jochen hatten ei-
nige große Fuhren für Gaststätten geladen. Zuerst der Prenzlauer Krug an der
Prenzlauer Allee Ecke Dimitroffstraße, dann, nur ein paar Häuser weiter, die
Linde in der Prenzlauer Allee, nach dem Mittag der Schusterjunge in der Di-
mitroffstraße und zum Schluss der Prater in der Kastanienallee.

Und es gab eine extra Tour zur Broiler Bar in der Berliner Straße.

Andere Kraftfahrer hätten einen wie Jochen Ulrich allein schuften lassen aber
das war nicht die Art von Erich Schneider. Nach dem end – und beladen am

Prater ließen die Männer den Garant stehen und gingen, die paar Meter, zur Kreuzung an die Schönhauser Allee und aßen eine Currywurst bei Konnopkes Imbiss.

Fünf Touren und alles Gaststätten, dass war anstrengend.

Nach Feierabend fuhr Erich Schneider noch Jochen Ulrich nach Hause. Es war schon nach sieben als Erich Schneider seine Wohnung in der Erich – Weinert – Straße erreichte. Schneider sprach nur von der Erich Straße.

Er warf das verschwitzte Arbeitshemd in die Wäsche, wusch sich gründlich in der Küche, zog sich im Schlafzimmer eine Trainingshose und ein rotkariertes Hemd an und legte die Arbeitskleidung für den nächsten Tag zurecht. Schuhe, Arbeitshose, Arbeitshemd und Schiebermütze.

Dann ging er in die Küche, schnitt sechs Scheiben Mischbrot ab und bestrich sie dick mit Schmalz oder grober Hausmacherleberwurst. Zum Schluss holte er noch zwei Flaschen Berliner Bärenpils aus der Speisekammer und ging ins Wohnzimmer.

Er schaltete den betagten Fernsehapparat an.

Schneiders wollten sich erst einen neuen Fernseher kaufen, wenn der alte Apparat kaputt war. Mit diesem Gerät konnten sie nur zwei Programme empfangen.

Das erste Programm des Fernsehens der DDR und das Erste Deutsche Fernsehen ARD oder wie Schneider sagte: das Erste Ost und das Erste West.

Und sie konnten nur schwarz – weiß – Fernsehen sehen.

Die beiden zweiten Programme und das dritte Programm des Sender Freies Berlin konnten sie nicht empfangen.

Das Abendprogramm im DDR Fernsehen begann um acht Uhr und das des Westfernsehens um viertel neun.

Deshalb begann Erich Schneider immer mit dem Ostfernsehen. Wenn ihm das Programm nicht gefiel, konnte er fünfzehn Minuten später auf das Westfernsehen umschalten.

Die zweite Chance.

Jetzt war es halb acht. Um während des Abendessens nicht aufstehen und umschalten zu müssen, schaltete Schneider das Ostfernsehen ein. Obwohl ihm die Nachrichten, die Aktuelle Kammara nicht besonders interessierte.

Erich Schneider interessierte sich nicht für Politik, wenig für Sport, gar nicht für Fußball und für Wirtschaft zweimal nicht.

Doch heute zog ihm die Nachrichtensendung sofort in ihren Bann.

Staatstreich in Chile!

Erich Schneider, der im Prenzlauer Berg geboren, dort aufgewachsen war, dort lebte und arbeitete, - Erich Schneider, der außer im Urlaub und während seiner Lehre, vor fünfundzwanzig Jahren, nie aus dem Prenzlauer Berg heraus kam, hätte sich eigentlich nicht im Geringsten für dieses südamerikanische Land interessiert, wenn nicht das Motorschiff Johann Gottlieb Fichte mit einer Hilfslieferung Lebensmittel dorthin unterwegs gewesen wäre und wenn nicht sein Sohn Klaus an Bord dieses Motorschiff Johann Gottlieb Fichte gewesen wäre.

Schneider saß wie erstarrt vor dem Fernsehapparat.

Er hörte erst beim dritten Mal das Türklingeln und ging zur Wohnungstür.

Es war Frau Olbricht. Die Olbrichts waren die einzigen im Haus, die Telefon hatten. Helga Schneider rief vollkommen aufgelöst aus Bad Elster an.

In dieser Nacht schlief Erich Schneider nicht.

Am nächsten Tag fiel ihm die Arbeit sehr schwer. Er konnte sich nicht konzentrieren und hätte zweimal fast einen Unfall gebaut. Der fröhliche Mann, der von den Kindern rund um die Schönhauser Allee nur der Kola – Erich genannt wurde, war still und verschlossen.

An diesem Abend sah er die Aktuelle Kammara und die Tagesschau.

Wieder konnte Schneider lange nicht einschlafen. Als er endlich einschlief träumte er vom Krieg und von den Nächten im Luftschutzkeller, die er als Kind erlebt hatte.

Gegen Mitternacht klingelte ein Betrunkner, als Klingelrutscher, an der Haustür. Schneider sprang aus dem Bett und rannte im Schlafanzug an die Haustür. Sein Herz raste und er hörte sein Blut durch die Adern rauschen.

Als er in Schlafanzug und Pantoffeln die Haustür erreichte begann sein Herz noch mehr zurasen und Erich Schneider brach zusammen.

Zum Glück fuhr nur Augenblicke später ein Wolga Gaz M 21, ein Toniwagen, - ein Streifenwagen der Deutschen Volkspolizei um die Ecke. Acht Minuten später traf der Barkas B 1000 Krankenwagen ein und nach wenigen Minuten erreichte Erich Schneider das Krankenhaus Prenzlauer Berg.

Am Donnerstag dem dreizehnten September neunzehnhundertdreiundsiebzig blieb der Garant der Firma Albert Kästner auf dem Firmengelände stehen. Jochen Ulrich fuhr mit seinem Chef und dem Framo die Getränke aus.

Erich Schneider starte von seinem Krankenbett auf die Gasometer der Gasanstalt.

Auf der Brückennock des Motorschiffs Johann Gottlieb Fichte stand Kapitän Manfred Schmidt, rauchte eine Zigarette und ließ die Ereignisse Revue passieren.

Am zwanzigsten Juli war er, aus Kuba kommend, mit der Georg Büchner, im Rostocker Überseehafen eingelaufen. Er war fast fünf Monaten auf See. Seinen Sohn Thomas hatte er nur einmal, durch eine Scheibe, auf der Entbindungsstation gesehen, dann war die Büchner ausgelaufen.

Am neunundzwanzigsten Juli erlitt der Kapitän der Fichte, eine Blinddarmkolik und Schmidt musste einspringen.

Am ersten August, nach nur elf Tagen zu Hause, lief er mit der Fichte aus. Nur elf Tage für den jungen Vater und Ehemann bei seiner Familie. Am elften September wurden sie im Hafen von Coquimbo Chile von diesem Militärputsch überrascht. Die Fichte war ein Schiff aus der DDR mit einer Hilfslieferung Lebensmittel für die sozialistische Regierung Chiles.

Manfred Schmidt Jahrgang neunzehnhundertsechsunddreißig war einiges gewohnt. Als Kind hatte er die Bombenangriffe auf Rostock erlebt, sein Vater war im Krieg gefallen, während der Suezkrise war Schmidt unter Beschuss geraten, von den schweren Stürmen, den Taifunen und einer Explosion mit anschließendem Brand auf dem Dampfschiff Ernst – Moritz – Arndt, einmal abgesehen. Schmidt war auf dem Segelschulschiff – Wilhelm – Pieck gefahren, auf dem kohlebeheizten Dampfer Vorwärts, auf dem ölbefeuerten Liberty Dampfer Ernst – Moritz – Arndt und auf den legendären Typ IV Motorschiffen. Aber diese Situation war neu für ihn.

Die Tatsache, dass der sechsunddreißigjährige Schmidt frisch verheiratet war und zum erstenmal Vater, machte es auch nicht besser.

Regelmäßig wurde die Fichte von den Soldaten durchsucht.

Das schlimmste war, dass die Besatzung der Fichte die Misshandlungen der chilenischen Bevölkerung tatenlos mit ansehen musste. Am liebsten hätte Manfred Schmidt seine Dienstpistole gezogen und den armen Kreaturen geholfen.

Die Fichte hatte drei chilenische Häfen angelaufen, Coquimbo, Antofagasta und Valparaiso. Die Lebensmittel waren gelöscht und eine kleine Ladung Erz übernommen.

Das Nächste Problem war:

*Die Fichte war als Kombiliner gebaut: - halb Passagierschiff und halb Stück-
gutfrachter.*
*Mit einem Stückgutfrachter Schüttgut laden und durch die Magelanstraße im
Südhalbkugelfrühjahr, zu fahren, war nichts, wonach sich ein verantwortungsbe-
wusster Kapitän riss.*
Schmidt zündete sich eine neue Zigarette an.
*Der Lotse war an Bord, die Schlepper lagen bereit, sein Erster Offizier, der
Chief Mate Joachim Hasler befehligte das Loswerfen der Leinen.*
Zum Glück hatten sie Chile jetzt so gut wie hinter sich.

Erich Schneider war kein Anzugträger.
*Aber er hatte sich einen neuen Anzug gekauft. Nicht so was modisches, nein
zeitlos, klassischer Schnitt, dunkelblauer Stoff, ein neues weißes Hemd, eine
neue weinrote Krawatte und dazu neue schwarze Schuhe.*
*Am achten und neunten November hatte er Urlaub genommen. Trotz des No-
vemberwetters war der graue F 9 blitzblank geputzt. Sonst hatte er im Urlaub
immer das Problem, dass ein Anderer, Albert Kästner, den Garant fuhr, dass
störte Schneider, obwohl Kästner ja der Besitzer des LKW's war. Doch dies in-
teressierte ihn heute nicht.*
Auch Helga Schneider hatte Urlaub genommen.
*Helga hatte ein neues Kleid, neue Schuhe und einen neuen Mantel. Vor dem
Kauf der Anziehsachen hatten die Schneiders Geld von ihrem Sparbuch abgeho-
ben. Genug um noch groß Essen zu gehen.*
*Teepott oder Hotel Neptun in Warnemünde oder Gastmahl des Meeres in
Rostock, in der Langen Straße.*
Der Schwächeanfall von Erich war längst vergessen.
Die Untersuchungen hatten ergeben, dass mit dem Herzen alles in Ordnung sei.
*An diesem Donnerstag dem achten November neunzehnhundertdreiundsiebzig
würde das*
*Motorschiff - Johann – Gottlieb – Fichte, aus Chile kommend, in Rostock ein-
laufen und Familie Schneider wollte ihren Sohn Klaus persönlich abholen.*
Die Schneiders lernten noch einige der anderen Lehrlinge und Matrosen kennen.
*Erich Schneider hätte gern den Kapitän getroffen, doch der wollte schnell alles
Organisatorische über die Bühne bringen, ins Taxi steigen und ab zu seiner*

Frau Katrin und dem kleinen Thomas. Nie in seiner ganzen Dienstzeit hatte sich Kapitän Manfred Schmidt so beeilt.

Drei Wochen später ging es los. Ich hatte meine Sachen am Morgen, aus der WG, mit zur Schule genommen und auf Fahrgäste der Mitfahrzentrale verzichtet. Mit Erlaubnis der Schulleitung durfte ich die letzten beiden Schulstunden der elften Klasse zur stillen Beschäftigung aufgegeben. Wir trafen uns bei Mario an der Kneipe um gemeinsam nach Polen zu fahren. Die Tauchausrüstung und die Campingausrüstung lagen in Matzes Defender.
Der Anhänger mit dem Boot hing am Defender von Kalle den Mario fuhr. Auch Jannina war nach Wismar gekommen.
Mit zwei Landrover Defender, einer professionellen Tauchausrüstung und einer kompletten Expeditionscampingausrüstung waren wir wie die Profis ausgerüstet.
Als wir durch die Stadt fuhren, drehte sich Ronnie plötzlich nach einem vorübergehenden Mann um.
Auch ich blickte zu dem Passanten.
Mario stupste Ronnie an und sagte:
„Seit wann drehst du dich nach Kerlen um? Schwul geworden?"
Ronnie war plötzlich ganz anders als sonst und reagierte gar nicht auf Marios Stichelei. Ich ahnte, was Ronnie durch den Kopf ging und sagte nichts. Ronnie sprach: „Irgendetwas an dem Typen kommt mir bekannt vor, vielleicht der Gang oder die Körperhaltung..."
Da unterbrach Mario ihn:
„Der Vogel hat seit ein paar Jahren bei uns Gaststättenverbot. Der kam mit seinen beiden Kumpels stockbesoffen ins Lokal und wollte Ärger machen. Matze und ich haben die Kanailien im hohen Bogen rausgeschmissen. Ist aber schon reichlich zehn Jahre her."
Ronnie fragte:
„Weißt du wie der Typ heißt? Ich glaub der war mit von der Partie als ich zusammengeschlagen wurde."
Mario lächelte und meinte:

„Den kennt in Wismar doch jeder, den Arsch."
Und ich sagte zu Ronnie:
„Das war Gregor Mayer."
Danach herrschte für die nächste Stunde Schweigen.
Irgendwann sagte Mario:
„Jetzt kümmern wir uns erst einmal um die Fichte und dann kümmern wir uns um Mayer."
Keiner erwiderte etwas.
Einige Zeit später war die Stimmung wieder entspannt.
An einem Haus in Polen hing ein Schild mit einer polnischen Aufschrift und Jannina fragte:
„Weiß jemand, was das heißt?"
Und Mario erwiderte:
„Bitte im Sitzen pinkeln."
„Sehr witzig. Herr Müller. Ich musste während meiner Ausbildung im Hotel genügend Toiletten von Stehpinklern putzen. Lebensbedarf gedeckt."
Mario lachte und fuhr fort:
„Ich muss in meinem Lokal täglich die Klos putzen.
Und die Stehpinkler sind mir lieber als die Sitzkotzer oder die Brillenscheißer."
Nach einer kurzen Pause sprach Mario weiter:
„Dass heißt also du hast aus Herrn Krüger auch einen Sitzpinkler gemacht?"
Noch bevor ich etwas erwidern konnte, sagte Ronnie, mit ernstem Gesichtsausdruck:
„Ihr macht euch einen Spaß daraus aber keiner weiß wie ernst die Situation wirklich ist."
Alle starrten Ronnie an, außer Mario, der als Fahrer seinen Blick auf die Straße gerichtet hatte.
„Wenn eine Frau einen Mann dazu nötigt im Sitzen zu pinkeln, dann merkt der Mann natürlich, dass er, gezwungen wird, wie eine Frau zu pinkeln. Das Pinkeln wie eine Frau ist, für den Mann, vollkommen widernatürlich oder, wie der Lateiner sagt,: pervers. Pervers heißt ja nichts anderes als widernatürlich. Der Mann merkt

also, dass eine Frau ihn perverser Weise zwingt, sich wie eine Frau zu verhalten. Dies führt zu Komplexen, die der Mann, dann wieder kompensieren muss. Ist euch schon mal aufgefallen, dass seit etwa fünfzehn Jahren, seit diese Sitzpinkelei in Mode gekommen ist, der Anteil an Rasern und Pöblern im Straßenverkehr zugenommen hat?"

Man wusste bei Ronnie nie, ob er so etwas im Ernst oder im Spaß sagte.

Nach einem Stück begann Ronnie zu grinsen, tippte Mario an und meinte:

„Du fährst aber auch ganz schön zügig."

Am frühen Abend erreichten wir einen Bauernhof direkt an der polnischen Küste. Ich kannte den Bauern. Es war der Großvater eines ehemaligen Studienkollegen aus Hamburg. Der alte Mann sprach fließend deutsch.

Wir bauten das große Hauszelt auf, grillten und gingen zeitig schlafen.

In der Nacht standen wir auf, wässerten das Boot und fuhren zur Untergangsstelle der Fichte.

Wir vier Taucher überprüften noch einmal die Tauchausrüstung. Flaschen und Wechselflaschen, die Automaten, die Lampen.

Dann zogen wir uns um. Taucheranzug, Flossen, Bleigurt, Armbanduhr, Tiefenmesser, Handschuhe, Flaschen, Messer Taucherbrille. Am Schluss setzten wir uns auf die Bordwand und ließen uns, rücklings, über Bord fallen. Mario reichte uns die Wechselflaschen und die Handlampen und den Fotoapparat.

Unser kleines Boot benötigte kein AIS und musste keine Signale abgeben.

Die Positionslampen hatten wir ausgeschaltet.

Da das Segelboot von Mario zum größten Teil aus Kunststoff bestand und wir den Mast umgelegt hatten, waren wir wahrscheinlich sogar für das Radar unsichtbar.

Der Himmel war verhangen und man sah die Hand vor Augen nicht. Die Chance, dass uns die Küstenwacht in diesem gesperrten Sektor entdeckte war also gering.

Mit unserem AIS Empfänger, den Ronnie aufgetrieben hatte, hatten wir den Schiffsverkehr im Blick.

Die Fichte lag um etwa dreißig Grad gekippt, in sechsunddreißig Metern Tiefe, dass heißt, dass sich die Aufbauten nur einige Meter unter der Wasseroberfläche befanden. Ein weiterer Vorteil war, dass die Fichte nicht auf der Seite lag, so war oben oben und unten unten.

Dies erleichterte die Orientierung.

Wir absolvierten zwei Tauchgänge und in der folgenden Nacht zwei weitere Tauchgänge.

Die Seeventile waren geschlossen und seit Jahrzehnten nicht mehr benutzt worden.

Genau wie ich vermutet hatte.

Aber sehr viele tiefliegende Bullaugen waren zerstört.

Nach unserm letzten Tauchgang in der Nacht zum Sonntag fuhren wir schweigend zurück zum Lager und frühstückten.

Mario hatte rote Bohnen in Butter gedünstet, türkisches Fladenbrot, auf dem Campingkocher getoastet und uns Malzkaffee IM NU gekocht. Alle saßen schweigend vor den Zelten und aßen als Ronnie sich räusperte und zu sprechen anfangen wollte. Da unterbrach in Mario:

„Er hält jetzt einen Vortrag über Pilzgerichte. Heute Leberwurstbrot mit Beck's Pils."

Mario brach in Gelächter aus und Ronnie sagte:

„Halt doch mal die Klappe. Lasst uns mal zusammen fassen.

Also die Seeventile sind geschlossen und seit ewig und drei Tagen nicht mehr benutzt worden. Die sind seit Jahren oder gar Jahrzehnten nicht mehr gebraucht."

Jetzt sagte Störtebeker:

„Dafür sind aber auffallend viele tiefliegende Bulleyes kaputt."

Ronnie entgegnete:

„Die kaputten Bulleyes passen auch besser zu dem Schlepperballett, dass der Schlepper, laut AIS, aufgeführt hat. Bulleyes einschlagen und dann solange enge Kreise und Achten fahren bis das Schiff voll Wasser schlägt. Irgendwann liegen genug kaputte Bulleyes unter der Wasseroberfläche und der Pott säuft ab."

Matze Müller ergänzte:

„Außerdem sind mutwillig kaputt gemachte Bullaugen schlechter nachzuweisen, als geöffnete Seeventile. Die Bullaugen könnten irgendwann während des Sinkens, des Aufprallens auf dem Meeresgrund oder in der Zeit seit dem Untergang kaputtgegangen sein. So was macht einen Riesenunterschied bei einer Verhandlung."

Ronnie sagte:

„Stimmt. Aber es wird keine Verhandlung geben, denn das Schiff war ja ein Haus oder so. Das Seefahrtsamt ist nicht zuständig und ein anderes Seefahrtsamt sowieso nicht, weil es nicht deren Gewässer wären."

Nach einer Pause fuhr Ronnie fort:

„Wir suchen also eine Person die ganz schnell, in englischer Sprache, eine limited company, mit Sitz auf den Seychellen, gründen kann, die eine Schiffsversicherung abschließen kann, die so seefest ist, dass sie auch bei heiklen Fällen und Überversicherung ausgezahlt wird. Wir suchen einen Mann, der Einfluss nehmen kann auf das Denkmalamt, das Seeamt und auf den Insolvenzverwalter.

Oder, eine Person, die Einfluss nehmen kann auf das Gericht, so dass der Richtige zum Insolventverwalter bestimmt wird.

Einer mit dem man Pferde stehlen kann und Schiffe versenken.

So glaube ich nämlich, dass es war.

Und so eine außergewöhnliche Person ist dem Bürgermeister Guido Müller spontan eingefallen, als Mayers mit ihrer Verschrottungsidee kamen. Ist doch interessant? Oder nicht?"

Störtebeker blickte in Richtung Meer und murmelte gedankenversunken:

„Mir fällt auch eine Person ein, die diese Fähigkeiten besitzt: nämlich der Bürgermeister Guido Müller selbst."

Alle schwiegen.

Bis Ronnie weiter sprach:

„Und da ist noch was. Als ich letzten Sommer aus dem Koma auf-
wachte, fehlten mir etliche Erinnerungen aus den Stunden bevor ich
vermöbelt wurde. Diese Erinnerungen kehrten erst im Laufe des
Winters zurück. Ich habe mehr als ich mich erinnern konnte bei
dieser Krissi gesagt und diese Krissi ist nicht irgend eine Schreib-
kraft im Rathaus, sondern die Sekretärin des Bürgermeisters und
eine besondere Plaudertasche."
Diesen Gedanken konnte ich nicht fassen.
Bis plötzlich Jannina rief:
„Das ist doch Spitze."
Alle sahen sie verdutzt an und Jannina erklärte:
„Jetzt wo Ronnie diesen Mayer wiedererkannt hat, haben wir ihn
und über ihn den Bürgermeister."
Ronnie winkte ab:
„Wenn ich zur Polizei gehe und sage, ich hätte den Typ irgendwie
am Gang, an der Körperhaltung oder an irgendetwas, was ich nicht
beschreiben kann, wiedererkannt, war's das. Die Polizei legt so was
bei Seite. Spätestens die Staatsanwaltschaft stellt das Verfahren ein.
Und sollte es, wieder erwarten, bis vor Gericht gehen, dann wird
das Verfahren mangels Beweise eingestellt.
Und selbst wenn ich dem Mayer was beweisen könnte, heißt dass
noch lange nicht, dass wir den Bürgermeister am Arsch hätten."
Matze Müller ergänzte:
„Und schon gar nicht bei den Beziehungen des Bürgermeisters."
Störtebeker blickte immer noch auf den Horizont am Meer und
sprach wie abwesend:
„Da ist gar nichts zu machen. Jedenfalls nicht legal."
Ronnies Augen bekamen einen sehr seltsamen Ausdruck, den ich an
ihm erst kannte, seitdem er aus dem Koma erwacht war und er wie-
derholte:
„Jedenfalls nicht legal."
Nach Augenblicken klatschte er in die Hände und sprach, wieder
vollkommen normal:
„So Buben und Mädel, hauen wir uns noch zwei Stunden aufs Ohr
und dann packen und Abritt."

Während des Abbauens der Zelte herrschte ausgelassene Stimmung.
Irgendwann rief Mario:
„Hat jemand meinen Talisman gesehen?"
Und Jannina fragte:
„Du hast einen Talisman? Das wusste ich gar nicht."
Ronnie nahm Jannina in den Arm und sprach:
„Du solltest wissen: der Mario ist so abergläubisch, dass er noch
nicht einmal das dreizehnte Türchen am Adventskalender öffnet."
Mario packte Ronnie von hinten und hob ihn hoch, dabei schrie
Ronnie:
„Hilfe, Hilfe ein Otto Analgebraucher."
Matze rief von weitem:
„Ronnie denk daran: mein Bruder hat den schwarzen Gürtel in
Tofu."
Dabei betonte Matze Müller die zweite Silbe von Tofu, so dass es
wie eine asiatische Kampfkunst klang.
Ich begann mit Störtebeker den ersten Land – Rover Defender zu
beladen.
Zu Beginn des Wochenendes hielt ich Störtebeker für den typi-
schen wortkargen Mecklenburger, wobei mir dieser typische wort-
karge Mecklenburger noch nie begegnet war. Alle Mecklenburger,
die ich kannte redeten, wie die Wasserfälle. Doch bald stellte sich
heraus, dass Störtebeker eigentlich, genau wie Ronnie, ein Berliner
war. Den Berlinern sagt man nach, dass sie reden wie ein Wasserfall.
Und dies konnte ich bestätigen.
Jetzt, als wir eine schwere Kiste in den Geländewagen hievten,
fragte ich:
„Was ist eigentlich die Geschichte hinter deinem Spitznamen Störtebeker?"
Und er antwortete:
„Da gibt's keine Geschichte. Ich heiß Klaus, genau wie Störtebeker.
Klaus Schneider."
Nachdem wir die Geländewagen in Wismar wieder abgeladen hat-
ten, brachte ich noch Jannina nach Hause.

Es war bereits sehr früher Morgen als ich Magdeburg erreichte. Ich hatte seit Freitagmorgen kaum geschlafen und war zum erstenmal an einem Montag noch müder als die zwölften Klassen. Irgendwie brachte ich diesen Montag herum und ging bereits am Nachmittag ins Bett. Am nächsten Morgen war ich wieder topfit. Am darauffolgenden Wochenende musste Jannina im Hotel Neptun arbeiten und ich hatte einige Klassenarbeiten zu korrigieren. Außerdem wollten wir uns beide ein Mal ausruhen und so blieb ich in Magdeburg.

Etwa drei Wochen später stand ich an einem Sonnabendabend in Janninas Küche und spülte Geschirr. Jannina war gerade zum Nachtdienst ins Hotel Neptun gefahren, als es an der Haustür klingelte.
Ronnie Krause stand vor dem Haus.
Er trug eine weite beige Cargohose und dazu ein enges, langärmliges, weißes Unterhemd. Unter dem Unterhemd zeichnete sich sein muskulöser Körper ab. Er war immer noch oder schon wieder dunkelbraun gebrannt und seine Haare waren von der Sonne fast weißblond gebleicht. Aus seinem braunen Gesicht strahlten seine großen, schneeweißen Zähne und seine blauen Augen.
Seit seinem Koma hatten diese Augen manchmal einen so komischen Ausdruck.
Ronnie hatte eine neue Saisonanstellung gefunden.
Er segelte Touristen über die Ostsee, mal zur dänischen Insel Bornholm, mal zur schwedischen Insel Gotland, mal zur deutschen Insel Rügen. Manchmal waren es aber auch nur Tagestouren vor der mecklenburgischen Küste.
Mit breitem Grinsen hielt er einen Sechserpack Rostocker Pilsner hoch und sagte:
„Wie wär's mit 'nem Pilsgericht?"
Augenblicke später saßen wir auf Janninas Balkon und blickten vom elften Stock ins Abendrot.
Nach dem ersten großen Schluck Bier wischte sich Ronnie mit dem Handrücken den Mund ab und begann zu sprechen:

„Wir haben uns den Mayer gekauft."

Ich fragte:

„Wer sind *Wir* und was heißt: - gekauft?"

„Also pass auf, - durch den Mario hab ich so ein paar Typen kennengelernt. Die trainieren Vormittags in seiner Muckibude und sind of in seiner Kneipe. So Biker halt. Die Hells Angels wollten die schon eingemeinden aber die machen ihr Ding. Na, jedenfalls saß der Mayer in so einer Spielothek und hat die neunzehnjährige Bedienung ein bisschen belästigt und da haben wir ihn gebeten, mit in so einen fensterlosen VW – Bus zu steigen, so'n alten T 3."

Ich hackte nach:

„Und der ist einfach so mitgefahren?"

„Ja klar. Kein Problem."

Meinte Ronnie und fuhr nach einer kurzen Pause fort:

„Na ja wir haben ihn so eine neun Millimeter Automatik von Browning vors Gesicht gehalten. Das war bloß eine Schreckschusspistole aber die sah wie echt aus."

Ich sah Ronnie an, er hatte wieder diesen komischen Gesichtsausdruck und sagte:

„Das war Freiheitsberaubung. Da steht Gefängnis drauf."

Ronnie wischte nur mit der Hand durch die Luft und ich fragte:

„Wo seid ihr denn hingefahren?"

Ronnie grinste und meinte:

„Das hat der Mayer auch gefragt."

„Ja und?"

Fragte ich und Ronnie erzählte weiter:

„Wir haben gesagt, dass in einem Gewerbegebiet bei Güstrow am Montag eine fünftausend Quadratmeter große Bodenplatte für eine neue Lagerhalle gegossen wird und dass jedes Jahr in Deutschland X Leute spurlos verschwinden.

Und nachdem ich ihm eine eingeschenkt habe, konnten wir uns ganz normal miteinander unterhalten."

Ich sah Ronnie fassungslos an und stammelte:

„Freiheitsberaubung in Tateinheit mit vorsätzlicher Körperverletzung und einer Morddrohung."

Unbeeindruckt plauderte Ronnie weiter:

„Mayer hat gestanden, dass der Bürgermeister ihm gesagt hat, dass ich wegen ihm, Mayer, in der Stadt, herumschnüffle und es besser wäre, wenn Mayer sich um mich kümmerte.

Ob der Bürgermeister hinter der limited company steht wusste, Mayer natürlich nicht.

Na ja das war klar. Der Bürgermeister ist ja nicht blöd.

Was man, im Übrigen, von Mayer nicht behaupten kann.

Ich ließ mir aber die Unterhaltung, als es um den Verkauf der Fichte ging, zwischen Familie Mayer und dem Herrn Bürgermeister Müller genau schildern. Das war die Unterhaltung, bei der Müller den Schrotthändler aus dem Hut gezaubert hat. Nichts Neues. Es hat nur das Alte neu bestätigt."

Ich starrte Ronnie Krause immer noch fassungslos an und fragte:

„Was ist, wenn der Mayer jetzt zur Polizei geht? Das waren Freiheitsberaubung, Körperverletzung und Morddrohungen. Das Geständnis, das der Mayer dich zusammengeschlagen hat, ist wertlos unter diesen Umständen.

Und es bleibt unbeweisbar, denn du kannst ihn nicht einwandfrei identifizieren.

Was soll der Scheiß Ronnie?"

Ronnie öffnete die nächste Flasche Bier, nahm einen kräftigen Schluck, rülpste und erzählte seelenruhig weiter:

Ich bin mit Mayer so verblieben: ich vergesse, dass er mich fast umgebracht und ins Koma geprügelt und er vergisst unseren kleinen Ausflug.

Sollte er Alzheimer haben und vergessen zu vergessen, dann findet sich in Deutschland immer ein Gewerbegebiet, wo am nächsten Montag eine Bodenplatte für ein neues Lagerhaus betoniert wird.

Ich glaub, ich kann mich da auf Mayer verlassen."

Ich hatte mich mittlerweile etwas gefasst und fragte:

„Warum hast du das getan?"

Ronnie antwortete beiläufig.

„Legal war da nicht viel zu machen. Ich hab die Geschichte ja etwas zusammengefasst. Das Ganze hat zwei Stunden gedauert und Gregor Mayer hat dabei eingepisst.

Strafe muss sein.

Und als nächstes ist Bürgermeister Müller dran.

Da hab ich mir ganz was Besonderes ausgedacht."

Dann begann Ronnie Krause zu erzählen.

Ich war bemüht, eine Festanstellung als Gymnasiallehrer zubekommen, ich wollte Jannina heiraten und wollte Kinder.

Mein Leben lang war ich bemüht, nicht mit dem Gesetz in Konflikt zu geraten, ich hatte nie Drogen genommen, noch nicht einmal einen Joint geraucht.

Und jetzt das!

Ich sagte natürlich, dass ich nicht dabei bin.

Niemals!

Unter keinen Umständen!

Irgendwann lehnte sich Ronnie zurück und schloss die Augen.

Jetzt erinnerte er an den Ronnie Krause, der im Koma gelegen ist und um sein Leben kämpfte. Ich musste an die Fichte denken, dieses prächtige maritime Denkmal und an ihr rostiges Wrack auf dem Meeresgrund. Vergammelt und ausgeplündert. Weder ihr Maschinentelegraph, noch ihr prächtiges Ruder befanden sich noch auf der Kommandobrücke.

Ich sah Ronnie an und sagte mit fester Stimme:

„Ich bin dabei."

Auf See

Mitte August liefen wir aus. An Bord befanden sich neben Ronnie und mir noch... Das tut nichts zur Sache.

Ronnie hatte einen alten hölzernen Fischkutter aufgetrieben, der einen Segelmast besaß. Den Namen des Kutters und seine Kennung hatten wir, auf See, abgedeckt. Als Namenszug stand nun am Bug: Likedeeler. Dies bedeutet Gleichteiler und war die Bezeichnung für die Piraten im Nord – und Ostseeraum. Die Piraten teilten ihre Beute gleich. Ob Schiffsjunge oder Kapitän, jeder bekam den gleichen Anteil.

Säuberlich zusammengelegt lag der Black Jack, die Piratenfahne bereit. Schwarz mit einem Totenschädel und zwei gekreuzten Knochen.

Achtern hatten wir einen großen Filmscheinwerfer aufgestellt und ein Schild mit der Aufschrift *Filmcrew* aufgehängt.

Auf der Brücke hatten wir einen AIS Empfänger. So konnten wir das AIS der anderen Schiffe empfangen, waren aber selbst unsichtbar bezüglich des AIS.

Ein Bruder eines der Biker war beim Stadttheater Schwerin als Frisör und Maskenbildner beschäftigt.

Von ihm hatten wir die Filmrequisiten, wie den Scheinwerfer und natürlich die Kostüme: Schwarze, weite Hosen und weiße weite Hemden.

Der Seegang machte dem Frisör sehr zu schaffen und dennoch arbeitete er viele Stunden.

Am Ende hatten wir lange schwarze Haare und lange schwarze Bärte die wie echt aussahen.

Dank Kontaktlinsen hatten wir auch alle braune Augen.

Nach ein paar ganz dezenten Lidstrichen war keiner von uns mehr zu erkennen.

Durch Mario Müller hatten wir erfahren, dass der Bürgermeister Guido Müller jedes Jahr am zweiten Augustwochenende allein nach Karlskrona in Schweden segelte.

Das Kajutboot war nicht besonders groß aber top ausgestattet. Es besaß ein AIS Gerät, wie die professionelle Schifffahrt, dass heißt: es konnte nicht nur das AIS Signal der anderen Schiffe empfangen, sondern es sendete selbst.

So konnten wir dem Boot in einigem Abstand bis kurz vor Einbruch der Dunkelheit unbemerkt folgen.

In einiger Entfernung überholten wir das Boot, mit unserem Diesel auf der Backbordseite. Der Wind kam von Westen und so lagen wir auf der Luvseite des Bootes von Guido Müller.

Dann gingen wir unter Segel und zogen nach Steuerbord.

Der Namenszug unseres Kutters und seine Kennung waren bereits mit den Holzplanken mit der Aufschrift Likedeeler verhangen. Einige alte Autoreifen hingen als Fender auf der Steuerbordwand.

Nun setzten wir den Black Jack und enterten das Boot von Guido Müller.

Im ersten Augenblick fand Müller dies richtig witzig.

Erst als Ronnie ihn zu Boden stieß und mit einer blitzschnellen Bewegung die Handschellen anlegte, blickte er verstört.

Auf Deck unseres Kutters hatten wir eine Art Zelt aus Segeltuch aufgebaut und mit alubeschichteten Isomatten verblendet. So fiel kein Licht durch.

Ronnie schubste Guido Müller in dieses Zelt.

Inzwischen war es dunkel geworden.

Es war eine mond - und sternenlose, stockdunkle Nacht.

Auf Guido Müller wurde eine Handlampe gerichtet.

Ronnie hatte beschlossen, dass nur er spricht und wir erst einmal Guido Müller eine Stunde lang schweigend schmoren lassen sollten.

Ich blickte in dieses an sich recht freundliche Gesicht und dachte: Piraterie, Freiheitsberaubung, Körperverletzung, Gefährdung des Seeverkehrs... Da kommt einiges zusammen...

Meine Berufspläne als Lehrer kann ich wohl vergessen.

Nach einer Stunde begann Ronnie zu sprechen. Er sprach nur englisch. Dies gab seiner Stimme einen ganz anderen Klang und so konnten die beiden anderen, die mit Guido, Ronnie und mir im Zelt waren auch etwas verstehen.

Schließlich sprachen sie ja nur philippinisch und tschechisch.

Ich gebe dieses Gespräch so gut wieder, wie es sich übersetzen lässt und so gut, wie ich mich daran erinnern kann.

Mitten in dieser absoluten Stille sprach auf einmal Ronnie mit kräftiger, lauter Stimme:

„Guido! Wir sind hier um mit dir über die Fichte zu sprechen."

„Ach daher weht der Wind."

antwortete Guido Müller und fuhr fort:

„Die Sache ist ganz einfach. Die Fichte war ein altes, dringend re-
novierungsbedürftiges Schiff.

Allein der Außenanstrich hätte zig Tausende verschlungen. Für den
Unterwasseranstrich hätte das Schiff in die Werft geschleppt werden müssen. Der Verein war praktisch pleite. Dies war der Stadt,
der Stadtkasse und, ich will ehrlich sein, meinen Wählern nicht zu-
zumuten."

Ronnie schwieg eine Zeit und fragte dann:

„Und es gab keine Alternativen?"

„Nein, die gab es nicht. Man muss so ein Schiff nicht nur erhalten
wollen. Man muss es auch erhalten können. Dies kostet ein Vermögen."

„Guido, hast du die Alternativen geprüft?"

„Ja das hab ich. Dieser französische Verein hatte tolle Ideen aber
kein Geld. Mit guten Ideen kann man auch nichts   einkaufen.
So ist das."

Ronnie sagte mit scharfer, lauter Stimme:

„So ist das nicht. Guido. Beim ersten Gespräch mit Familie Mayer
präsentiertest du den Schrotthändler."

Guido Müller sah erschrocken aus und fragte:

„Wieso ich. Die Mayers hatten schon Kontakt mit dem Schrotthändler. Einem Belgier."

Ronnie schüttelte mit dem Kopf und fuhr mit ruhiger Stimme fort:

„Nein Guido! Die Mayers hatten nur den Plan gefasst, an einen
Schrotthändler zu verkaufen. Den Händler hast du aus dem Hut gezaubert."

„Nein, nein."

Ronnie erhob die Stimme und sagte:

„Guido. Du hast den Schrotthändler präsentiert."

Guido Müller seufzte und meinte:

„Das ist fast zwei Jahre her. Vielleicht hab ich den Schrotthändler
vermittelt. Ich weiß es nicht mehr genau."

„Woher kanntest du den Schrotthändler."

„Ich weiß es nicht mehr. Wahrscheinlich hab ich ihn auf einer Ta-
gung über Recycling irgendwann einmal getroffen."

Ronnie beugte sich nach vorn, ganz nah an Guido Müllers Gesicht und sprach mit schneidender Stimme:
„Guido verarsch mich nicht! Außer dir und dem Anwalt Götz Schäfer kennt keiner den Schrotthändler.
Diese limited company taucht nur im Zusammenhang mit dem Verkauf der Fichte auf. Sonst nie. So eine Gesellschaft kann man auch von Wismar aus auf den Seychellen gründen."
„Dann fragt doch Götz Schäfer. Der hat als Insolvenzverwalter das Geschäft mit dem Schrotthändler abgewickelt."
Guido Müller wirkte jetzt wieder gefasster.
„Guido. Dass ändert aber nichts daran, dass du den Schrotthändler präsentiert hast und zwar spontan, nachdem die Mayers mit der Verschrottungsidee kamen. Also Guido."
Guido Müller entgegnete:
„Ich sag jetzt nichts mehr. Mir reicht der Zirkus."
Ronnie fuhr unbeirrt fort.
„Dir ist spontan jemand eingefallen, der in der Lage ist, eine limited company mit Sitz auf den Seychellen zu gründen und das Geschäft des Verschrottens eines großen Frachtschiffs, mit Schiffsversicherung und allem drum und dran abzuwickeln. Jemand, der Einfluss nehmen kann auf die Denkmalbehörde und auf das Gericht.
Das Gericht musste ja schließlich Götz Schäfer zum Insolvenzverwalter bestimmen.
So eine Person ist dir spontan eingefallen als die Mayers vorschlugen, das Schiff an einen Schrotthändler zu verkaufen. Und weißt du warum Guido?
Weil du selbst all diese seltenen Eigenschaften besitzt."
„Und die Seeventile hab ich auf hoher See wohl auch noch selbst aufgedreht?"
„Nein Guido. Die Seeventile sind nach wie vor geschlossen. Wenn an den Seeventilen nach all den Jahren rumgedreht worden wäre, wäre das auch ganz leicht nachzuweisen.
Nein hier haben vier Fachkräfte die Bulleyes sportlich geöffnet."
Guido Müllers Augen begannen erregt zu flackern und er schrie:

„Mir reicht's jetzt. Wer seid ihr eigentlich? Der Karnevalsverein von Kniritz an der Knatter? Was ihr hier macht, ist Piraterie, Freiheitsberaubung und Körperverletzung in Tateinheit mit gefährlichem Eingriff in den Seeverkehr. Und eure lächerliche Kostümierung. Denkt ihr, man erkennt euch nicht? Was soll das?"
Ronnie lehnte sich zurück und sagte ganz ruhig:
„Wir werden nicht wegen Piraterie belangt. Niemand wird uns anzeigen.
Auf dem Ostseegrund ist ausreichend Platz für dein Boot. Dein AIS ist seit mehreren Stunden ausgeschaltet und wir sind weit ab von deinem Kurs nach Karlskrona."
Guido Müller schluckte und sprach mit belegter Stimme:
„Ihr werdet doch keinen Mord begehen wegen eines ollen rostigen Schiffs?"
Ronnie entgegnete:
„Nein nicht direkt wegen eines alten, rostigen Schiffs, sondern wegen deiner Nerven."
„Was haben denn meine Nerven damit zutun?"
„Der Götz meint, du hast nicht mehr die Nerven.
Wir erledigen für ihn den ein oder anderen Job.
Und du gefährdest mit deinen schwachen Nerven alles.
Der Götz hat gesagt, bevor du in die Politik gegangen bist, vor zwanzig Jahren, warst du kaltblütiger. Und jetzt komm."
Auf Deck hing aus der Dunkelheit ein Tampen mit der Schlinge und darunter stand ein kleiner Hocker.
Guido Müller schrie:
„Ihr seid doch wahnsinnig! Was zahlt euch der Schäfer. Ihr bekommt von mir das Doppelte!"
Ronnie sagte mit ruhiger, fester Stimme:
„Das doppelte reicht uns nicht. Wir wollen eins Komma fünf Millionen."
Müller verharrte und sagte:
„Eins Komma fünf Millionen. Geht in Ordnung."
„Guido wo hast du denn eins Komma fünf Millionen her."
Müller schrie:

„Das wisst ihr doch!"

„Woher?"

Hab ich gefragt." Schrie Ronnie und Müller schrie zurück:

„Aus der Schiffsversicherung."

„Welcher Schiffsversicherung?"

„Die Schiffsversicherung für die Fichte."

Ronnie stemmte die Arme in die Hüften und sprach:

„Eins Komma fünf Millionen sind verlockend aber wir machen mit
dir keine Geschäfte. Tut uns leid Guido. Das war's!"

Guido Müller schrie mit der Schlinge um seinen Hals:

„Seid ihr wahnsinnig? Ihr glaubt doch nicht, dass ich mich nicht gegen Schäfer abgesichert habe? Falls mir etwas zustoßen sollte oder
ich spurlos verschwinde.

Wenn ich untergehe, dann geht der Schäfer auch unter, genau wie
die Fichte.

Und wenn der Schäfer vor Gericht steht, dann wird dieses schmie-
rige Arschloch alles tun um mit dem Gericht zu kooperieren.

Und dann seid ihr auch dran. Wegen Mordes!"

Ronnie ging auf Guido Müller zu und trat ihm den Hocker unter
den Füßen weg.

Guido Müller fiel auf das Deck.

Der Tampen mit der Schlinge hatte lose in einem Block gesteckt.

Als wir ihm auf die Beine halfen, rochen wir den scharfen Geruch
von Kot und Urin.

Der Geruch überstrahlte den Schweißgeruch.

Beim Auslaufen hatte Ronnie gesagt:

„Der Müller scheißt ein."

Ronnie hatte recht behalten.

Guido Müller stand fassungs - und sprachlos da.

Ronnie sagte:

„Pass auf Guido. Du träumst ab und zu schlecht von dieser Nacht
und bei Tag vergisst du es. Solltest du es nicht vergessen und uns
ausfindig machen, sollten wir vor Gericht stehen oder sollte uns etwas zustoßen, denk an unser kleines Diktiergerät.

Um es mit deinen Worten zu sagen: wenn wir untergehen, dann gehst du auch unter, genau wie die Fichte.
Ansonsten kommst du mit dem blauen Auge und deinem Geld davon."
Augenblicke später gleitete unser Kutter, ohne Positionslampen, in der Dunkelheit davon.
So war die Geschichte.
Oder so ähnlich.
Natürlich heiß ich nicht Mike Krüger.
Ich heiß nicht Mike Krüger, ich heiß Frank Zander.
Oder ganz anders.
Und der Ronnie Krause heißt natürlich auch nicht Ronnie Krause, sondern Mike Krüger oder Frank Zander oder...

ENDE

Am 24. Mai 1981 erreichte das Motorschiff Johann Gottlieb Fichte Gadani Beach in Pakistan, berühmt für seine Abwrackwerften.
In Folge wurde die Fichte gestrandet und abgebrochen.
Die Geschichte vom Wrack der Fichte ist frei erfunden.
Jede Ähnlichkeit mit tatsächlichen Ereignissen, lebenden oder verstorbenen Personen ist rein zufällig.

Zeitfracht Medien GmbH
Ferdinand-Jühlke-Straße 7
99095 Erfurt, Deutschland
produktsicherheit@kolibri360.de